AF366797

PERDIDA en el PARAÍSO

Ascensión de Tena Marín

PERDIDA en el PARAÍSO

Ascensión de Tena Marín

Primera edición: enero 2018

Ilustración portada: Lidija Podgajni
Diseño de portada y maquetación: www.espacioautor.es

ISBN: 978-84-697-9030-4

En memoria de José María de Tena de Vaya,
mi padre

Índice

I parte.
Una decisión difícil

Soy una mujer beduina de piel consentida por el viento y ojos —según dicen los ancianos de la tribu— reflejo del Paraíso. Yasmin es mi nombre. Mi estirpe son los auténticos beduinos pastores nómadas de Arabia, aquellos que solían cruzar el desierto en caravanas, con los pies desnudos, despojados de casi todo excepto de agua, dátiles y un guía.

Desconozco mi verdadera edad. Los nómadas no registramos los nacimientos; para los acontecimientos importantes nos guiamos por lo sucedido en el año. Mi familia cuenta que nací durante la semana de cantos, música y alegría por la boda que unió nuestra tribu a una tribu vecina, y que este matrimonio se celebró hará unos dieciséis años. Aunque entre los beduinos la costumbre es casarse muy pronto, yo todavía no tengo marido.

Mi tienda beduina se encuentra en Ramlat Al Wihibah, corazón del desierto de Omán, último sultanato de la península Arábiga. Mi tribu es la de Abdullah, respetada por su pasado nómada y portadora de la sabiduría del desierto. De mi tribu dicen que es la auténtica Hija del desierto.

Yo misma tejí mi tienda con lana blanca y negra de mis cabras. Una alfombra, unas mantas con flores de colores, algunas túnicas, pañuelos para cubrirme la cabeza del sol, esencias de jazmín y rosas —regaladas por beduinos que pretenden unir mis cabras a las suyas con un matrimonio— y mi *sinaw*, máscara de pico beduina para ocasiones especiales: es todo cuanto poseo.

Mi existencia transcurre plácidamente al cuidado de las cabras —intercambio su leche y piel por agua y comida— y está unida a los amaneceres y atardeceres, a los caprichos nocturnos de la luna y a la perfecta conjunción de las constelaciones; al juego risueño de las estrellas fugaces, a los mimos del viento, al tacto frío del rocío; a las huellas de vida sobre las sinuosidades femeninas de las dunas y a la voz silente de la noche, al olor del fuego beduino: a mi diálogo de amor con el desierto.

Me encanta mirar las estrellas y dormir a cielo descubierto bajo su luz. Solo las abandono para refugiarme en mi tienda beduina cuando aparece la gran tormenta de arena con su fuerza devastadora.

Mi mayor deseo es alcanzar un sueño: encontrar el Paraíso. Y le soy fiel. Su fuerza es tan impetuosa que mata y da vida a la vez. Mata porque siento una inquietud permanente por lograrlo y da vida porque mantiene mi ánimo completamente ilusionado. Después de todo... soy una soñadora.

Aunque corren tiempos modernos como dicen los ancianos de la tribu, soy guardiana de la tradición beduina transmitida de generación en generación. He heredado la paciencia y el sentido de la hospitalidad de los moradores del desierto así como el honor y el valor guerrero de mis ancestros. Mi fuerza femenina nace de la austeridad de la vida nómada, del polvo de las arenas, de la inclemencia del sol, del silencio y de la soledad e infinidad de la noche desértica repleta de misterio.

Emad, mi padre, beduino de pura raza, murió en una de las luchas tribales por la disputa del control de los pozos de agua. Mi madre,

Badia, cuyo nombre significa literalmente beduina, comparte la tienda familiar con Jabar, mi hermano pequeño. De estatura baja, piel curtida a pesar de su corta edad e incipiente bigote, Jabar siempre va vestido según manda la tradición con el *thawb*, la túnica de algodón blanca y con el *al´uqda*, pañuelo liado en la cabeza y las sandalias de piel de camello.

Mi madre desconoce su edad, aunque su cuerpo aún recuerda la lozanía y frescura de sus años jóvenes. Su rostro, de rasgos alargados y serenos, muestra un cutis moldeado por el sol que protege con una mezcla de sándalo y arena. Nunca se separa de sus anillos, pulseras y pendientes de oro; le gusta cubrirse con un pañuelo y llevar su vestido negro bordado con flores rojas. Teje recostada con hilos de pelo de cabra teñidos de multicolor que sujeta hábilmente con el dedo gordo del pie derecho. Siempre anda descalza; le encanta sentir la arena bajo sus pies.

Cada día, al atardecer, cuando regreso con el rebaño de cabras, la encuentro dibujando enigmáticos signos en la arena, dejando que esta se escurra entre los dedos de sus manos. Y junto a ella, sus dátiles y su amargo café beduino.

Mientras que yo me sacudo el polvo del día, mi hermano Jabar prepara el guisado de carne de camello. Cuando está cocinado comemos en la tienda familiar. Unos frutos, traídos de los oasis por algún beduino de otra tribu, son el único dulce que nos podemos permitir.

En las noches más frías, antes de dormir, encendemos un fuego y los tres nos sentamos alrededor de sus chispas en la arena. Entonces, mi madre nos suele cantar alguna canción aprendida de su madre y su abuela. Así transcurren mis días, casi sin ver a nadie más, pues la mayoría de las familias beduinas están abandonando el desierto y la vida caravanera se apaga.

Cuando era pequeña, Nabil —el hombre más anciano de la familia, de mirada paciente, rostro agrietado por el desierto y parsimonia en el andar; el que en su juventud criaba y pastoreaba camellos, y atravesaba el desierto cantando y guiando las caravanas— me puso de sobrenombre Reina de Saba. Por mi porte —decía—, por la manera como me las ingeniaba para parecer una mujer: embelleciendo mis manos y pies con *henna*[1]; pintando mis ojos con *kohol*[2] para darles profundidad y misterio; recogiendo mi pelo en mil y un turbantes... perfumándome de incienso.

Desde el día de mi nacimiento, un vínculo muy especial me unió a Nabil: como el de dos almas gemelas que se encuentran. Él no tenía hijos así que, sin seguir la tradición y pasando por alto mi condición femenina, quiso ser maestro y guía en mi andadura por el desierto. Ese era su sueño: que me convirtiera en heredera de sus conocimientos. Según cumplía años, Nabil iba iniciándome en la lectura de todo tipo de libros y en la escritura con cuadernos polvorientos y otros saberes que provenían de su experiencia personal.

No escatimaba en libros: unos eran suyos, otros los hacía traer de los confines del desierto y algunos provenían del intercambio

---

1 Tinte natural de color rojizo que se obtiene de la planta *Lawsonia inermis*. Su nombre común es alheña. Se suele usar en India, Pakistán, Irán, Yemen, Oriente Medio y África del norte.

2 Cosmético a base de galena molida y otros ingredientes para oscurecer los párpados y como máscara de ojos, usado principalmente por las mujeres de Oriente Medio, norte de África, África subsahariana y sur de Asia.

por camellos. Me encantaban las narraciones orientales en las que los personajes corrían toda suerte de aventuras como Sherezade y los libros que relataban viajes como el de Marco Polo, pero mi preferido era un relato infantil, regalo de un militar inglés explorador del desierto, donde una niña llamada Alicia bebe de una pequeña botella una poción que la hace encoger de tamaño.

Recuerdo perfectamente con qué pasión Nabil me enseñaba a orientarme por las estrellas y a leer el rastro de los animales en la arena. Disfrutaba cuando yo empezaba a entender el movimiento de las dunas, escuchaba al viento y seguía los ritmos del sol y la luna; pero sobre todo se alegraba cuando encontraba agua: el sustento de la caravana.

El día que la caravana se disponía a salir para el gran viaje a través del desierto, la excitación de los camellos y la algarabía de los niños quebraban el silencio. Yo estaba presente cuando las mercancías, bien atadas, se esparcían por la arena. En esos momentos, las patas de los camellos levantaban una nube de polvo y los hombres inquietos, a la vez que confiados, iban y venían ultimando los preparativos. Aunque había asistido en muchas ocasiones a este acontecimiento, mi corazón siempre se emocionaba, mis piernas temblaban y una lágrima feliz resbalaba por mi mejilla: me sentía llena de vida.

Nabil me llevaba con él en la caravana subida a lomos de su camello como parte del aprendizaje, aunque yo disfrutaba todavía más caminado a su lado, descalza y cogida de la mano. Sentía, entonces, cómo su fuerza protectora me envolvía con una gran paz.

En el encuentro con otras caravanas y los increíbles relatos sobre mundos impensables que narraban los caravaneros fueron forjando mi carácter y moldeando mi imaginación. Así pasé mi niñez, aprendiendo y descubriendo, como si estas actividades fueran un juego en un mundo fantástico.

Actualmente vivo anclada en este mundo arcaico, casi ajena a la modernidad que, según dicen mis hermanos mayores, ha traído el siglo XXI. Ellos son los primeros de mi familia que han cambiado el desierto de arena por el desierto de asfalto de los Emiratos Árabes Unidos. Se han cansado de la lentitud de los camellos y ahora conducen coches de marca Nissan Patrol y Toyota Land Cruiser. Han dejado de fumar la pipa alargada de madera llena de tabaco natural y la han sustituido por el sofisticado narguile. También han perdido el interés por el pastoreo y por guiar caravanas, legado de antepasados. Ahora les seducen los empleos en compañías petroleras y el oficio de guía de un turismo emergente. Han dejado de escuchar las canciones tradicionales beduinas de Omán y Yemen porque prefieren las modernas como *Bailando* de Enrique Iglesias o *Liberian Girl* de Michael Jackson. Los largos días sin tener noticias de amigos y parientes se han acortado por la inmediatez comunicativa de los móviles Iphone. Las horas ya no las marca el sol sino costosos relojes de pulsera.

El sable de la modernidad ha cercenado la esencia de la tienda beduina familiar: la piel de cabra ha sido sustituida por ramas de palmera y las estacas de madera que la sujetaban, por hierros. La alfombra de la estancia principal ha sido reemplazada por una esterilla de plástico; el fuego en la arena, por una pequeña cocina de gas y los tablones a modo de despensa, por armarios. La carne se congela, la leche de cabra y de camella se toman envasadas y los huevos se importan en cajas de Arabia Saudí. Lo más curioso es que el agua tiene sabor a Coca-cola y a Seven Up. Finalmente, el silencio ha sido invadido por el teléfono móvil enfundado y colgado en un rincón; la vida moderna llega a lomos de lo americano. Sin embargo, la distribución de la tienda permanece inalterable: un recibidor, una habitación donde se hace vida social y se duerme, almacén, cocina y un reducido espacio para guardar la ropa y las mantas con motivos florales anaranjados y morados.

La limpieza sigue haciéndose como siempre: cuando es necesario sacar la arena que sobra, la recogemos con nuestras manos, la echamos sobre sacos vacíos y la llevamos al exterior.

Algunas costumbres también se han transformado: antes, cuando llegaba el calor, las familias trasladaban sus tiendas cerca del mar; ahora se van a vivir a unas casitas con aire acondicionado proporcionadas por el gobierno.

De un tiempo a esta parte, mi corazón siente una gran inquietud, una sensación desconocida para mí. Es como una llamada que zarandea todo mi ser y me impulsa a ir más allá de la seguridad que ofrece mi tienda beduina. Esta inquietud me viene de la influencia que ejercieron en mi imaginación los libros que leí de pequeña y los increíbles relatos sobre mundos impensables que contaban los caravaneros. Desde siempre me he confiado a Nabil así que, una vez más, vuelco mi desasosiego sobre él. Espero al atardecer, cuando pasea antes de cenar y salgo a su encuentro:

—Nabil, hay algo que me gustaría contarte —le hablo mostrando mi preocupación.

—Te escucho, Yasmin.

—Soy feliz en el desierto y te estoy agradecida por todo lo que me has enseñado, pero —hago una pausa para respirar— dentro de mí siento una gran inquietud.

—¿Qué clase de inquietud? —me pregunta mirándome con sus ojos pacientes.

—Se trata de un sueño que quisiera alcanzar.

—¿Qué sueño es ese?

—Encontrar el Paraíso —le respondo sin pensarlo.

—¿Y qué es para ti el Paraíso?

Por la expresión de su cara parece no extrañarse de que tenga este sueño.

—¿El Paraíso? Bueno, pues... emprender un viaje para descubrir qué hay más allá de los límites del desierto, embarcarme en aventuras, enamorarme...

—Te entiendo, pero ¿por qué quieres encontrarlo en este momento de tu vida? —sigue preguntándome mientras paseamos.

—Porque esta inquietud no me deja vivir tranquila y no sé qué hacer —le respondo buscando su comprensión.

—Verás, Yasmin, cuando el dolor por esa inquietud sea insoportable desearás volar.

—¿Cómo lo haré? —le pregunto preocupada.

—Si crees en ti misma podrás hacerlo, solo necesitas unos ojos para viajar.

Habla con tanta seguridad que hace que me sienta más aliviada.

—Y ahora ¡vamos, a cenar! —me dice con gesto de tener hambre.

He pasado mucho tiempo dándole vueltas mi conversación con Nabil. Ahogada por el miedo a ir más allá de mi vida en el desierto e indecisa por no saber qué camino tomar para empezar a buscar el Paraíso, finalmente me he decidido a pedirle ayuda.

Con la tranquilidad de siempre me recomienda que, sin organizar demasiado el viaje, podría recorrer algunas provincias de Omán hasta llegar a la capital, Mascate. Me propone que Yasser, el hijo de Ahmad, su amigo más querido, sería el guía más adecuado para mí. Escucharle me ayuda a aclararme y a disipar mis miedos. Estoy dispuesta a seguir sus recomendaciones.

Hoy siento que no puedo soportarlo más, no puedo seguir siendo prisionera de la llamada. Nabil sabe que el inevitable momento de mi partida ha llegado —siempre lo ha sabido—, pues forma parte del orden natural de mi existencia.

Todo mi mundo conocido se desvanece. La despedida de mi madre y de mi hermano Jabar llena de congoja mi corazón. Nabil no me aconseja ni me retiene, tan solo me susurra unas palabras:

—Si has sobrevivido al desierto, puedes sobrevivir a cualquier cosa.

Gracias a lo que mis hermanos mayores me han contado sobre el mundo moderno, a lo que había leído en los libros y a las noticias que llegaban con los caravaneros, no parto a ciegas.

Unos pantalones, unas camisetas, una gorra y unas deportivas al estilo europeo que me ha conseguido Nabil son mi equipaje; según él, así iré cómoda y pasaré por una turista.

Antes de abandonar el desierto y mientras esperamos la llegada de Yasser, Nabil me lleva al *1000 Nights Camp*, el campamento turístico *Las Mil y una Noches* cercano a las tiendas beduinas. Una vez allí me deja en manos de Francis, un indio de Kerala, guardián del campamento que goza de su entera confianza.

A pesar de la separación y teniendo en cuenta que me encuentro bajo los efectos de la sorpresa, no me siento del todo extraña; al fin y al cabo sigo en el desierto. Por medio de la intervención de Nabil me alojo en el campamento en calidad de invitada.

—¡Cuida bien de Yasmin! —Nabil le pide a Francis este favor por la amistad que los une.

—¡Descuida! La trataré como a una hija —asegura Francis con sinceridad.

Dispongo de entera libertad para deambular y realizar la actividad que más me apetezca. Pasaré aquí unos días para adaptarme a vivir sin mi familia antes de salir al mundo exterior.

El campamento —situado en un valle privilegiado al abrigo de dunas rojas y blancas y bajo el cobijo de las acacias— es un oasis donde caballos, ónices, águilas, pavos reales además de animalitos nocturnos conviven con los turistas.

El espacioso salón —abierto al suave viento que llega del mar y al viento más rudo que viene de las montañas— junto con la piscina y el helipuerto dan al campamento un aspecto sofisticado.

Las habitaciones son tiendas que imitan a las beduinas pero mucho más suntuosas: el lavabo y la ducha están adosados y tienen el techo descubierto. ¡Qué lujo! A cada una se la conoce por su nombre: Casa de Arena, Casa de Arabia, Tienda de la Luna de Miel... En una zona más privada hay apartamentos equipados con aire acondicionado, televisión vía satélite y bañera con hidromasaje que se reservan para clientes que no pueden prescindir de las comodidades de la vida moderna. ¡Qué contraste con la sencillez de la vida beduina!

Pequeñas habitaciones contiguas construidas con cemento en forma de nave alargada cubren las necesidades básicas de guías y trabajadores del campamento.

A Francis, hombre gentil y amable, siempre sonriente y buen conversador, se le ilumina la mirada cuando habla sobre la familia que ha dejado en la India. Constantemente se preocupa por mi bienestar.

Me aloja en la Tienda de Saladino, digna de un rey. En su interior, el brote nuevo de un árbol la atraviesa. Cortinajes de terciopelo granate, ventanas con mosquitera y una alfombra india me dan la bienvenida. Enseguida me vienen a la memoria las historias que Nabil me narraba sobre unos militares cristianos que se hacían llamar Cruzados y que luchaban por la reconquista de Tierra Santa tomada por los musulmanes. O las leyendas que estos contaban cuando regresaban a sus hogares en la Europa Occidental sobre Saladino, el sultán que trataba con honor a sus enemigos y su poderoso ejército.

Es la primera vez que duermo en una cama de hierro con sábanas de algodón y una manta suave. Echo de menos dormir sobre la arena, tapada con mi vieja manta, como lo hacía en mi vida nómada. No puedo conciliar el sueño sin ver las estrellas así que, haciendo uso de la confianza que Francis me brinda, le pido que saque mi cama fuera de la tienda.

La oscuridad agudiza mis sentidos: oigo cantos de mujeres beduinas que se acercan a un depósito del campamento para recoger agua y llevarla a sus tiendas. Algunos pájaros, que están a punto de recogerse, sobrevuelan mi cabeza. Un gatito de cuerpo alargado, patas cortas y ojos saltones se acerca maullando mientras algunas siluetas se mueven sigilosamente amparándose en la noche.

El generador del campamento se apaga. Sólo queda una lucecita encendida en el salón; según me ha contado Francis es una costumbre en la India para guiar el alma.

Espero impaciente la aparición de la Vía Láctea. Estrellas fugaces cruzan el firmamento; una tiene tanta fuerza que lo cruza de lado a lado. Las tres estrellas que se conocen como los Tres Reyes hacen acto de presencia. Son las compañeras de mi viaje, las guardianas de mi noche... Finalmente, el sueño me vence.

Al día siguiente me fijo que en el exterior del salón hay un *dhow*, una embarcación de vela de origen árabe, hundido en las arenas. Seguramente lo trajo algún marinero desde el mar. También veo algunas puertas carcomidas por el tiempo que se usan como motivo decorativo y que parecen decir:

—¡Atraviésame!

En el interior, coloridas alfombras paquistaníes, cojines de seda y lámparas de colores llamativos le dan un aire de realeza al ambiente.

Para la cena se sirve un elegante y suculento bufé, así que me acicalo con mis turbantes, como hacía cuando era pequeña jugando a parecerme a Sibila, reina de Jerusalén.

La comida es deliciosa y tentadora, aunque mi debilidad son los postres. Mi preferido es el *Halwa*, pastelito del desierto cuyos ingredientes son dátiles, azafrán, cardamomo, agua de rosas y azúcar. Comerlo es como saborear un perfume. El *omani bread pudding* —pudín de pan omaní—, los pastelitos de queso, dátiles y crema de cacahuetes o, simplemente, el pan omaní con miel, también son una delicia. Estas exquisiteces se acompañan con café negro sin azúcar, sin leche y con cardamomo, o bien con *chai Karak,* té especiado con cardamomo, jengibre, azúcar y leche que para mí siempre será el té del Paraíso.

El salón es como un espejismo en medio del desierto que atrae a viajeros románticos, aventureros y exploradores de sensaciones deseosos de compartir experiencias viajeras, desplegar gastados mapas para estudiar nuevas rutas, contemplar las estrellas o sencillamente descansar de la dureza de la travesía.

Durante mi estancia en el campamento he tenido la oportunidad de conocer a viajeros variopintos: un grupo de alemanes abriendo nuevos mercados turísticos; dos jóvenes e intrépidas mujeres suizas entusiasmadas con la experiencia de deslizarse por las dunas en esquíes y cuya palabra preferida es *cool,* guay; hombres sirios aprendiendo el oficio de guía turístico en Omán mientras se disputan para sus prácticas a un belga solitario que me recuerda las andaduras del *Principito*; una pareja de enamorados holandeses perdidos en mitad de la noche y rescatados por un beduino que les pidió dinero a cambio... Aves de paso que sienten curiosidad por mí y se asombran cuando les digo que persigo mi sueño de encontrar el Paraíso. ¿Acaso ellos no buscan el suyo propio? Quizá no sepan lo que buscan o sientan vergüenza de reconocerlo.

Cada mañana me levanto temprano para ver amanecer los colores del sol. Es como un ritual, sé que las dunas me esperan. Cuando aún era niña, Nabil me enseñó que si me acercaba a ellas con delicadeza tocaría su finura, escucharía sus risas mecidas por el viento, compartiría su baile al son de las águilas y, si permanecía en silencio, compartirían sus intimidades conmigo.

También me contó que en su juventud se había enamorado de una nómada llamada *Noor* —que significa Luz— y me solía cantar la canción de amor que escribió para ella:

Beso robado a las arenas,

pellizco de eternidad,

sinuosidad carnosa,

hendidura,

feminidad encontrada.

Rendido a tus pies,

lloro tu felicidad,

sed de ti.

Era habitual que Nabil me hablara de la belleza de las dunas y me cantara canciones de amor; quería estimular mi sensibilidad.

Durante el desayuno, los empleados indios y paquistaníes, muy serviciales, preparan el copioso bufé. Aunque pasan ocho meses lejos de sus familias, no pierden la sonrisa de sus rostros.

Puesto que dispongo de libertad y ninguna obligación, haciendo uso de mi calidad de invitada en el campamento, dedico la mayor parte del tiempo libre a caminar. Siento en mi alma beduina esa necesidad. Preparo mi mochila con agua y provisiones y ando sin ninguna pretensión. Unas veces sigo las pistas de los 4x4; otras, me adentro en las dunas. No me pierdo, nunca me sucedió con mis cabras.

Hoy, al acercarme a la orilla de una duna, veo que unas acacias cercanas a un depósito de agua han sido escogidas como zona de pícnic. Me encuentro con una camioneta oxidada y olvidada, semienterrada en la arena. Al lado de la camioneta también puedo ver botes de champús vacíos, tazas de té rotas, cristales de botellas, cajas de comida prefabricada, letreros abandonados... restos de humanidad descuidada. ¡Cuánta suciedad tan cerca de las tiendas beduinas! Solo espero no encontrarme tantos deshechos más allá de los límites del desierto.

Las moscas me atacan y su zumbido es infernal, seguramente han acudido atraídas por la suciedad. El calor me achicharra; no recuerdo haber bebido con tanta ansia en mi vida. Acostumbrada a la dureza de la vida desértica, estas sensaciones son poco habituales en mí. Noto que todo me afecta de otra manera porque me siento triste al ver cómo los propios beduinos han maltratado al desierto.

Salgo huyendo para refugiarme en el campamento. Cuando llego, polvorienta y sudorosa, Francis me reprende con cariño:

—¡Yasmin! Solo los locos salen a pasear sin compañía por el desierto.

Llevo tan solo unos días en el campamento, alejada de la relación familiar y de la preocupación diaria por encontrar hierbas para mis cabras y ya vivo de modo diferente. Aunque no estoy demasiado lejos del desierto que me vio nacer, mi vida ha cambiado con la comida deliciosa, variada y abundante; el lujo en el alojamiento; la luz eléctrica; el agua abundante de la ducha; los animales que veo y toco por primera vez... Sin embargo no logro acostumbrarme al horario de las comidas, ni soporto a los clientes ruidosos siempre ajenos al silencio del desierto. Además, mi soledad beduina se ha visto invadida por la reciente relación con los trabajadores del campamento y la compañía de viajeros que van y vienen. ¡Son cambios muy bruscos!

De pronto, un día ¡llueve! Me parece un hecho prodigioso. Esta zona del desierto es tan extremadamente seca que solo he visto llover una vez cuando era tan solo una niña. Las gotas de agua sacian mi sed de belleza, apaciguan mi espíritu y me enamoran.

El impacto de un escarabajo volador de color negro que se estrella en mi espalda me saca de mi ensoñación. Unos hombres egipcios, que se encuentran cerca de mí hablando de negocios, se ríen de lo que me ha ocurrido con el escarabajo. Cuentan que en el antiguo Egipto los guerreros llevaban un anillo con un escarabajo grabado en el sello, símbolo de eternidad. Me consideran una beduina afortunada porque puedo disfrutar de los lujos del campamento y me preguntan si me he dado cuenta de una cosa: cambiando la o por la a, Omán se lee Amón, dios egipcio, cuyos atributos son "Alma del desierto" y "El eterno". No tengo palabras para responder así que me despido y me retiro a descansar.

En el sendero que lleva a mi tienda oigo una voz que proviene de la oscuridad:

—¡Ven! —dice susurrando.

Giro la cabeza y veo que es un trabajador del campamento, pero no me detengo, aligero el paso.

Al día siguiente por la mañana Wisal, la propietaria del campamento, llega en un Nissan Patrol como el que tienen mis hermanos mayores. Según cuenta Francis, se convirtió en una mujer de negocios cuando recibió en herencia de su padre el *1000 Nights Camp*. Viene desde Mascate para supervisar las obras de mejora de las instalaciones.

Nada más bajarse del coche, veo que es una mujer árabe elegantemente envuelta en su *abaya,* túnica ámbar negro, que cubre su pelo y parte de su cara con el *hiyab*, velo del mismo color. Enseguida se dirige a saludar a los empleados y se interesa por los obreros indios que trabajan sin quejarse, soportando los cuarenta grados de tiranía del sol. Parece saber muy bien lo que espera de ellos y se nota que todos la respetan.

Por la tarde se retira a descansar a la tienda Casa de Arena que tiene reservada para ella cada vez que se queda en el campamento y al anochecer, haciendo gala de su hospitalidad, nos invita a los huéspedes a tomar *chai karak*. Mientras tanto, habla de sus viajes a Francia y Suiza y sobre los maravillosos años que pasó como estudiante en estos países. Nos explica que admira la belleza arquitectónica de Notre Dame y recuerda los paseos que daba por la orilla del lago Lemán hasta el castillo de Chillon y al hablar de estos lugares su rostro resplandece.

Entre risas y confidencias, sus ojos árabes bañados en *kohol* se clavan en mis ojos beduinos deseando ser cómplices de mis secretos. Creo que por eso se acerca a mí para preguntarme cómo me llamo y el motivo de mi estancia en el campamento. Cuando le cuento mi sueño de encontrar el Paraíso me dice que ella descubrió el suyo en Francia y Suiza y que su intuición le decía que las dos teníamos algo en común.

—Yasmin, me gustaría ayudarte en la búsqueda de tu sueño.

—¿Puedes darme algún consejo para mi viaje? —le pregunto observando cómo se arregla el velo con feminidad.

—Sí, claro —me responde con entusiasmo—. En mis días de estudiante por Europa aprendí mucho de la vida —dice pensativa...

—¡Sigue, por favor! —le pido con interés.

—Abre bien los ojos. A veces detrás de la palabrería se esconde alguien que quiere engañarte —dice gesticulando con delicadeza.

—¿Y si tengo dudas? —vuelvo a preguntar viendo como se toma su última taza de *chai karak*.

—Si tienes dudas sobre algo, mejor no lo hagas; sé prudente —dice con la seguridad de una persona que tiene experiencia en viajar.

Después de escuchar atentamente los consejos que me da, pienso que sus palabras parecen las de una madre que quiere proteger a su hija.

De repente, la magia del encuentro se desvanece... Una caravana de 4x4, que lleva un grupo de turistas en busca de riesgo controlado, sube y baja las dunas derrapando ruidosamente al son de una música estridente. El ruido es tan espantoso que un musulmán que se encuentra rezando sobre las dunas, despavorido, abandona la oración.

Como si la naturaleza se quejara, un aire calentón alborota las dunas y levanta una marea de arena cuyos granos se cuelan por los sitios más insospechados, incluso arañan la piel. Se va formando un remolino cada vez más denso que impide la visión. El campamento se queda a oscuras. No nos queda más remedio que protegernos los ojos y retirarnos a nuestras tiendas acompañados por la luz de las linternas a esperar que la tormenta de arena pase.

Al día siguiente el campamento amanece cubierto de arena. Los empleados barren con esmero. Antes de que se levanten los clientes, Francis me entretiene con una vieja historia sobre una caravana que se vio sorprendida por la gran tormenta: para resguardarse del infierno de arena, las familias tumbaron a los camellos y se recostaron contra ellos tapándose con mantas de los pies a la cabeza.

Cuando la tormenta se alejó, el guía había perdido la orientación. Lo que hizo fue no mover la caravana del lugar donde se encontraba y esperar la llegada de la noche para volver a orientarse por las estrellas, entonces reanudó el viaje.

En ese momento, la visita de Nabil, mi madre y mi hermano Jabar interrumpe el relato. El reencuentro inesperado hace que mi corazón dé un vuelco. Nos abrazamos, nos quitamos las sandalias y nos sentamos sobre la arena: les cuento cómo he pasado mis primeros días en el campamento rodeada de lujos. Nabil y mi madre muestran su alegría por verme; Jabar, más reservado, fuma con lentitud.

Se despiden al atardecer. Apenada por la separación, un rebaño de cabras, que regresa al reducto de las tiendas beduinas atravesando las dunas, me trae a la memoria el tacto áspero de la piel de mis cabras y el aroma de su leche recién ordeñada.

En el desierto no hay secretos. Llegan noticias de que un aventurero lleva tres días cruzando las dunas en solitario con su 4x4 y se dirige al campamento. Me entero por Francis de que el aventurero es Yasser, hijo de Ahmad, el jeque de una tribu árabe que comercia con las tribus beduinas del desierto.

Ahmad y Nabil se conocieron cuando Ahmad cruzaba con su tribu el desierto de Ar Rub Al khali, desde Arabia Saudí hasta Omán, en busca de otras arenas donde continuar con su vida nómada.

Al cruzar la frontera que une el mismo desierto, fueron atacados por unos saqueadores de caravanas que les intimidaron con sus rostros ocultos y las hojas curvas y afiladas de sus cimitarras. Nabil, que se encontraba abriendo una nueva ruta para el comercio a través del desierto, se topó con ellos y cuenta que *Allah, El Dispensador de seguridad*, le mostró el camino correcto. Su intervención fue decisiva para que los asaltadores se alejaran: actuó con calma y sabiduría y les indicó cómo encontrar un pozo de agua cuya localización solo conocía él.

En el desierto se respeta al beduino que en numerosas ocasiones ha salvado de una muerte segura a caravanas extraviadas en las arenas. Este encuentro creó un vínculo de unión entre Nabil y Ahmad que permanece de por vida. En el desierto, si alguien te salva la vida, se convierte en tu hermano.

A altas horas de la noche, Francis me avisa de que Yasser llega al campamento en su Toyota Tundra blanco con rayas negras en la parte trasera. Aunque por su fuerza arrolladora, más que Toyota parece un Ave Fénix.

Me describe a Yasser explicando que lleva barba y bigote de Oriente Medio e indumentaria a la europea: bermudas, camiseta y chanclas con un toque excéntrico; el *Tam*, boina que usan los *rastas* en Jamaica y que parece como si hubiera sacado a pasear su locura *Rastafari* por el desierto.

Enseguida me lleva a su lado y nos presenta. Como es tarde y Yasser ha hecho un largo viaje, necesita descansar; así que todos nos vamos a dormir.

De camino hacia mi tienda veo que esta noche la luna, que hasta ahora había permanecido velada por la negrura de la oscuridad, muestra su belleza en el firmamento desértico. Me parece enigmática.

Por la mañana Francis nos reúne para decirnos que sería conveniente que pasáramos dos días y dos noches —habla como si fuera un nómada— compartiendo el tiempo para conocernos antes de viajar juntos. A Yasser le parece bien y a mí también.

Durante estos dos días y dos noches, Yasser y yo comemos juntos, subimos a las dunas y jugamos a ver quien encuentra la primera estrella que aparece en el cielo. Yo le hablo de mi tribu y de mi sueño de encontrar el Paraíso. Él me cuenta que por respeto a su padre acude a la llamada de Nabil quien le ha encomendado una misión: guiarme en mi sueño más allá del desierto. Su amabilidad hace que me sienta cómoda y venza la timidez del primer momento.

Los dos días y las dos noches pasan sin apenas darme cuenta.

Hoy comienza nuestro viaje. Reúno las fuerzas necesarias para despedirme de Francis y de Wisal —nos abrazamos como si fuera la última vez— y de Nabil, que aparece en el último momento, pues su deseo es confiarme a Yasser personalmente.

Ha llegado la hora de emprender rumbo hacia lo desconocido: un nuevo mundo por descubrir me espera y parto con la certeza de que la luz de Nabil y los consejos de Wisal me acompañan.

Yasser comprueba que el Ave Fénix se encuentre perfectamente para iniciar el viaje; imagino que despliega sus alas para iniciar el vuelo. Después carga mi maleta y me ayuda a subir.

Al salir del campamento sorteamos dunas y atravesamos pistas. Pasamos unos días durmiendo al raso en sacos de dormir: cavamos con nuestras manos un agujero en la arena donde los acomodamos y encendemos el fuego con ramas de acacias para preparar la comida.

Yasser, como hijo preferido del jeque Ahmad y Jamal, su esposa favorita, ha sido educado para ser el sucesor por lo que velar por cualquier persona que esté bajo su protección es sagrado para él.

Algunas noches permanecemos sentados y nuestro lenguaje es el silencio. Pero otras, cuando después de cenar alrededor del fuego nos cubrimos con mantas para resguardarnos del frío, la calma propicia que me abra su corazón:

—La rebeldía de mi carácter hizo que pidiera permiso a mi padre para separarme de la tribu y recorrer el desierto arábigo.

—¿Qué buscabas? —le pregunto con curiosidad.

—El contacto con otras tribus de las que aprendí mucho. Esto me ayudó a pensar de manera más abierta —responde orgulloso de sí mismo.

—¡Cuéntame más!

—Por probar con una experiencia diferente me trasladé a Omán donde presté mis servicios en el ejército como experto guía del desierto —comenta mientras aviva el fuego.

—¡Me encanta tu vida inquieta! —exclamo interrumpiéndole.

—Más adelante me embarqué como marinero en un *dhow* que comerciaba con Zanzíbar, la isla de las especias. Allí aprendí suajili —dice emocionado al sentir las mismas sensaciones aventureras que entonces.

Nunca imaginé que viajaría con un aventurero. Estoy segura de que será un buen guía y aprenderé mucho de él. Entre confidencias nocturnas, su anillo iraní labrado en plata con incrustaciones de rubí, esmeralda, zafiro y ámbar, deslumbra mis ojos.

Empieza un nuevo día y nos preparamos para seguir el viaje. Yasser se da cuenta de que el Ave Fénix tiene problemas: sus dos ruedas traseras están hundidas en la arena. Se acerca y comprueba que los neumáticos se han rajado, quizá al pasar por encima de alguna roca. Saca la pala y empieza a despejar la arena que las cubre; después sigue con las manos. Intento ayudarle pero no me permite que lo haga. Por si fuera poco, solo tiene repuesto para una.

Aunque la situación me parece complicada, Yasser conserva la calma y logra contagiarme tranquilidad. Toma la decisión de continuar a pie, dice que en un día de marcha llegaremos a la aldea más próxima, y así lo hacemos con las provisiones a cuestas. Ante esta dificultad, su fuerza de carácter y su valor —cualidades que son propias de los nómadas— hacen que me sienta segura a su lado.

Llevamos caminando dos horas cuando, como salido de la nada, un remolino de polvo se levanta ante nuestros ojos. Se acerca y comprobamos que se trata de un camión cisterna que nos recoge y nos lleva hasta la aldea. Allí unos mecánicos nos ofrecen el camión grúa de su taller para recoger al Ave Fénix. Después de varias horas de espera, los veo regresar con el Ave Fénix recuperada. Mañana continuaremos el viaje; ha sido un día largo.

Según me voy alejando del desierto, me doy cuenta de que todo lo que amo va quedando atrás. Mi corazón de mujer beduina empieza a resquebrajarse abrumado por la melancolía. La tentación de regresar a mi tienda beduina es muy grande. Al mismo tiempo siento entusiasmo por viajar para descubrir qué hay más allá de los límites del desierto, que es una parte del Paraíso que busco. Estos sentimientos contradictorios giran mi mundo y lo ponen del revés haciendo que me sienta confundida.

Yasser, testigo de mi búsqueda, me consuela cantándome *No Woman, No Cry*. Es su manera de demostrarme que me comprende. Después me distrae con su conversación.

—Sé cómo te sientes. Yo me sentí de la misma manera cuando dejé mi tribu —me explica mientras pone su mano en mi hombro.

—¿Cómo podré soportarlo? —le pregunto con el rostro afligido.

—Cuando contemples el Gran Cañón Un Nakhr y tomes tu té del Paraíso, la alegría reconquistará tu corazón —me dice sonriendo—. Parece como si me conociera desde siempre.

Llegamos al Gran Cañón situado en la cadena montañosa sobre la costa norte de Omán. Ya hemos traspasado los límites del desierto que es lo que quería, así que esta debe ser la entrada al Paraíso.

Un policía de mirada furtiva y una mujer musulmana, guía del centro de interpretación del parque natural, nos dan la bienvenida.

Subimos por una carretera que tiene forma de serpiente y desde donde se divisa la hendidura en la tierra custodiada por el cielo abierto de par en par. Es un paisaje que sobrecoge.

Los contrastes que aquí veo alcanzan una viveza que me emociona: sequedad rocosa y agua viva; verde valle y celeste cielo; cabras que pastan y águilas que las sobrevuelan; aldea de blanca mezquita y rojas granadas; risas de familias y silencio de parajes. Verdaderamente, contemplar esta maravilla hace que el desconsuelo por el abandono del desierto sea menos doloroso.

Cuando finaliza la visita es mediodía y en ese momento nos apetece comer algo ligero. Esquivamos un camino pedregoso y allí, como surgido de entre las rocas, encontramos un pequeño restaurante con vistas al Gran Cañón.

Nada más entrar, un joven indio de ojos del color del café claro nos muestra la mesa donde sentarnos y nos ofrece la especialidad de la casa: arroz con pollo. En la mesa de al lado, empapelada de planos, unos ingenieros europeos acompañados de hombres vestidos con la *dishdasha*[3] discuten sobre el diseño para la construcción de una carretera.

Nos tomamos el *chai Karak* en la terraza desde donde se disfruta de una panorámica

---

3 Vestimenta tradicional omaní para hombres que consiste en una túnica hasta los pies, con mangas largas y sin cuello.

que se pierde en el horizonte. Mientras Yasser habla por el móvil, yo exploro mis pensamientos: en este preciso instante recuerdo a Adnan, guía de una caravana cargada de incienso que partió de Salalah y se encontró con la caravana que guiaba Nabil, en las dunas de Ramlat As Sahmah. Aquel día, Nabil me llevaba con él. Bajo un cielo cuajado de estrellas, Adnan me contó la historia de Amal, hija de Yusuf, guerrero del sultán Bin Saif, que habitaba en el castillo de Jabrin construido por la dinastía Yaruba.

El sueño de Yusuf era entrenar a su primogénito en el arte de la guerra, en el manejo de la cimitarra y el *khanjar*, daga curva; al no tener descendencia masculina volcó todas sus esperanzas en Amal. Sacó a su hija de las estancias femeninas del harén ocultas tras celosías y sutilezas, alfombras, cojines, cerámicas y perfumes para llevarla al mundo exterior.

Un pasadizo de techo artesonado e inscripciones árabes de yeso en las paredes separaba, con su silencio, los dos mundos. Al cruzar el umbral del pasadizo, Amal se sintió desfallecer.

Años más tarde se convertiría en una mujer insólita: *La Guerrera de Jabrin*, temida en el campo de batalla. Era también conocida por una rareza: la de llevar tatuada en la mano y brazo con los que sostenía su cimitarra de acero damasceno y desenvainaba su *Khanjar*, una ave del Paraíso, tal vez, para no olvidar su esencia femenina moldeada en el jardín del harén. Sin embargo, la más incomprensible batalla que tuvo que librar en su vida fue la de enamorarse del enemigo del sultán y deponer las armas antes que enfrentarse a él en una cruenta lucha.

En el único encuentro amoroso que tuvieron, él la colmó de amor con un beso poético:

Perdida en las dunas,

perfumada de incienso,

hallo tu sed de amor.

Cautivo,

sucumbo a tus encantos.

Complacerte quisiera,

¡mujer de labios de arena!

Estoy segura de que la huella que esta historia dejó en mí imaginación despertó mi deseo de encontrar el amor, otra parte del Paraíso que quiero descubrir en mi viaje de búsqueda.

Un cambio brusco en la música que se escucha a través de la radio del Ave Fénix me saca de mi ensimismamiento. Nos adentramos en la región Al Dakhiliyah protegida por la montaña verde, Al Jabal Al Akhdar. Se trata de un misterioso lugar donde los ancianos, con sentimiento mágico, aún narran leyendas sobre seres que no obedecen a las leyes naturales y se ocultan en el oasis de Al Hamra. Fuerzas omnipotentes capaces de levantar el fuerte de Bahla o el castillo de Jabrin. Espíritus que templan los aceros árabes en el zoco de Nizwa, tras la imponente muralla que lo rodea y esconde. Me siento emocionada: ¡ya estoy explorando el Paraíso!

Llegamos a Nizwa. Dejamos el Ave Fénix aparcado frente a la muralla y la cruzamos a pie para buscar algún sitio donde hospedarnos. Enseguida encontramos un caravasar. Mientras nos dirigimos a las habitaciones, Yasser me cuenta que Nizwa está situada en el cruce de rutas de caravanas que conecta el interior del país con el puerto de Mascate y la región de Dhofar. Una vez instalados descansamos ya que mañana pasaremos toda la jornada en el zoco de Nizwa.

Al día siguiente cuando salimos a la calle, tan solo a unos pocos pasos del caravasar me veo envuelta por un rebaño de cabras. Una muchedumbre vestida con túnicas blancas mira, compra o vende animales: estamos en el mercado de ganado del zoco de Nizwa. A mi izquierda, unos toros voluminosos se acercan. Palomas, pajarillos, cacatúas, gallinas y periquitos se exponen en diminutas jaulas a nuestro alrededor. Acostumbrada a la austeridad del desierto y al silencio, sólo quebrado por los balidos de cabras o silbidos del viento, este estallido de vida me desconcierta.

Me siento bien entre las cabras, las entiendo, sobre todo a las pequeñas, a las que les empiezan a salir los cuernos. Las toco y el tacto enciende todos mis recuerdos de la vida nómada.

De pronto me doy cuenta de que Yasser no está a mi lado. Miro en todas direcciones y no lo encuentro. Creo que me he despistado entre las cabras, la muchedumbre y las aves enjauladas. Espero un poco por si aparece, pero como no le veo empiezo a caminar por el zoco sin él.

Me alejo de las cabras y de mis recuerdos para empaparme de olores, colores vivos que me entusiasman y sabores que provienen de los mercados de especias, frutas, carne y pescado: pez espada recién cortado, carne troceada, mil especias de Irán, India, Sudáfrica y China, agua de rosas, miel pura, limones secos... exuberantes granadas, calabazas, plátanos y cocos de Salalah.

Sobre paños de lana teñidos de rojo y negro con borlas en los extremos, se exponen dátiles que se funden en el paladar y pastelitos de sabor dulzón.

En un rincón, sobre una alfardilla extendida en el suelo, unos hombres que parecen forasteros —visten ropajes que desconozco— toman *chai karak* que acompañan de dátiles.

Bajo una arcada de adobe, artesanías de barro fabricadas a la manera tradicional se exponen para ser vistas, en el suelo o colgadas de las paredes: infinidad de ánforas, quemadores de *bokhoor*[4], *a'ud*[5], ollas para el café, *fanájín...*[6]

Desde la mezquita de Ash-Shawathinah, el canto del almuecín llamando a la oración irrumpe en el zoco. ¡Qué sobresalto! Siento un escalofrío. Es la primera vez que escucho una voz desgarrada llamando a la oración. En el desierto nos guiamos por el sol para rezar.

Aturdida y sin encontrar a Yasser, me refugio en una callejuela sinuosa y en penumbra que parece la cueva de Alí Babá por las riquezas en plata que albergan sus mercaderes y trabajan sus artesanos: filigranas que adornan cofres tallados en madera, preciosos collares y pulseras de Yemen, empuñaduras para armas, fundas para los *khanjar...*

A pesar de estar absorta por el brillo de la plata, que reluce como las estrellas del desierto, noto que una mirada penetrante enmarcada por una *kúfiyyah*[7] blanca con cuadritos rojos se posa en mi rostro. Es un guía egipcio de piel dorada por el sol del Cairo que viste tejanos y

---

4 Incienso.

5 Astillas de madera perfumada.

6 Plural de *finjaan*, tacita en la que se sirve el café árabe.

7 Pañuelo tradicional de Oriente Medio para hombres.

que además de hablar árabe habla italiano. Acompaña a un grupo de turistas que viene desde Italia para captar imágenes "exóticas" con cámaras de fotografiar digitales.

El hombre se acerca a mí sonriendo y se presenta como Aziz. Tiene la sensación de que estoy perdida y que necesito ayuda. Me habla en italiano:

—*I tuoi occhi sono bellissimi*[8].

No entiendo el significado de sus palabras. Después, en árabe, confiesa que él también se siente perdido —aunque a mí no me lo parece— y aprovecha un momento de distracción para tomarme por la mano y arrastrarme hacia otra callejuela donde se agrupan los talleres de sastres indios y paquistaníes. Estos artesanos de la costura, con manos delicadas y pacientes, manejan hilos de colores y telas finísimas para confeccionar los *salwar kurtas,* vestimenta india para hombres y mujeres.

La libertad que Aziz se toma conmigo me asusta; me despego de su mano y salgo corriendo. Como no recuerdo el camino de vuelta al caravasar, pregunto a unos hombres que

---

8 Tus ojos son preciosos.

pasan por la callejuela y me lo indican. Cuando llego encuentro a Yasser esperándome.

—¡Yasmin! ¿Dónde estabas? —grita muy enfadado conmigo—. ¡Te he buscado por todas partes!

No me da tiempo a responder porque sigue hablando.

—Estás bajo mi protección y eso es sagrado para mí. ¿Lo entiendes?

—Lo siento —le digo entre asustada y arrepentida—. Me he comportado de una manera alocada.

El enfado de Yasser hace que recuerde los consejos de Wisal de abrir bien los ojos y tener prudencia. Si los hubiera seguido, no me habría llevado este susto y Yasser no se hubiera enfadado conmigo.

Lo que queda del día lo pasamos en el caravasar; los ánimos no están para fiestas.

A la mañana siguiente me despierto más tranquila. Durante el desayuno veo que a Yasser se le ha pasado el enfado. Cuando acabemos de desayunar quiere que vayamos al zoco para comprar agua, dátiles y fruta. Así lo hacemos. Esta vez no me separo de él. Por la tarde nos resguardamos del calor en el caravasar y por la noche salimos a pasear por el palmeral datilero. El olor dulzón, casi pegajoso, de los dátiles se funde con la calidez de la noche y los silencios de Yasser. Me parece estar en la luna.

Esta paz dura poco ya que Yasser, que se ha vestido con la *dishdasha* para respetar la arraigada tradición islámica de la zona, quiere mostrarme una faceta más mundana de la noche: me lleva a un centro comercial iluminado con una luz chillona, atendido por sonrientes y complacientes dependientas filipinas. Una de ellas, la más atrevida, quiere cambiar sus ropas por las mías.

Dice que se asfixia de calor con el velo, la blusa de manga larga y la falda hasta los pies y le gustaría ser sexy como yo con mi pantalón, mi camiseta, mi gorra y mis deportivas. Su comentario me provoca la risa y nos reímos juntas. Cuando paramos de reírnos, Yasser le pide a la dependienta latas de conserva para llevarla en el Ave Fénix, por si necesitamos comer por el camino más adelante. Después le paga y nos despedimos de ella.

Salimos a la oscuridad de la calle, ni los gatos se dignan a pasear. Con la intención de escuchar música, entramos en un hotel. No hay música, solo hombres fumando narguile en un ambiente cegado por el humo. Nos sentamos en las tumbonas de la piscina rodeada de lucecitas de colores y escuchamos salsa en el móvil de Yasser. Para divertirme me enseña algunos pasos de este baile caribeño.

—¡Un árabe y una beduina bailando como en el Caribe! —exclama mostrando su carácter alegre y yo misma no salgo de mi asombro.

Durante estos últimos días he empezado a saborear otra parte del Paraíso: sintiéndome protagonista de uno de esos libros de viajes de aventuras que Nabil guardaba en su tienda y que solía leer en mi infancia; explorando el zoco, riendo en el centro comercial y bailando con Yasser en la piscina del hotel.

Un nuevo día trae la luz. Yasser y el Ave Fénix me esperan dispuestos para la partida. Una punzada en el corazón me avisa de que aún no hemos emprendido el viaje y ya siente nostalgia por el magnetismo de Nizwa.

Me refugio bajo una palmera datilera. Solía hacerlo cuando la caravana alcanzaba un oasis en medio del desierto y cerraba los ojos para que el sueño de la travesía no se desvaneciera. Yasser viene en mi busca, me tiende la mano con ternura y después me abraza, comprende cómo me siento.

—¡*Be cool like a fish in the pool!*[9] —exclama con palabras locas que me devuelven la sonrisa.

A medida que nos vamos distanciando de la montaña verde, Al Jabal Al Akhdar, la lejanía de mis montañas de arena se hace más presente. Absorta en mis pensamientos, llegamos a la región de Ash-Sharqiyah Norte.

Atravesamos plantaciones, aldeas... De repente, una hendidura en la roca rompe el paisaje abriendo las entrañas de la tierra de donde brota un manantial de agua esmeralda. El verdor de un palmeral lo protege de los desapacibles rayos del sol: hemos llegado a Wadi Bani Khalid.

---

9 ¡Sé feliz como pez en el agua!

Un riachuelo, alegrado por risas de familias indias y omaníes que comen bajo las palmeras, es el camino que llega al nacimiento del manantial. Acostumbrada a las privaciones del desierto, tanta abundancia de agua me asombra. Me apetece quitarme las deportivas, caminar descalza y dejar que el agua juguetee con los dedos de mis pies.

Cruzamos un puente de madera y llegamos a un sombrajo. En este lugar, que se utiliza para el descanso de turistas y guías, se puede comer y beber algo. Un guía que conoce a Yasser se acerca para saludarnos y contarnos anécdotas de viaje y experiencias de vida de su grupo de turistas: dos jubiladas alemanas, desinhibidas por la edad, se ríen sin motivo aparente; un ex capitán de corbeta británica, que había prestado sus servicios en Omán, enseña el país a su mujer; dos australianos de mediana edad, ejecutivos de una compañía petrolera que exporta gas a Corea y Japón, buscan diversión...

De lo que nos cuenta el guía sobre los turistas he aprendido que hay muchos tipos de personas diferentes en el mundo y que cada una de ellas espera algo diferente de la vida.

A media tarde partimos. Yasser quiere que conozca el mar. Dice que es inmenso como el desierto pero que en lugar de estar lleno de arena, el agua lo cubre todo.

En el trayecto hacia el mar, a través de la sequedad de las montañas, se entreven pequeñas joyas elegantes y refinadas: mezquitas marmóreas, cuyas cúpulas de color rosáceo, jade, celeste o violeta, delicadas, casi femeninas, brillan con luz propia bajo los inclementes rayos del sol.

Las playas de Ras Al Hadd, en la región de Ash-Sharqiyah Sur, han sido escogidas por Yasser para que descansemos durante unos días y para que viva mi primer contacto con el mar. Son las playas donde las tortugas marinas van a desovar. Esta noche dormimos cerca de ellas, alojados en los bungalós que ofrece un complejo turístico. La cena se sirve en la misma playa por unos camareros contentos de llevar en sus uniformes el lema:

—*Love & happy to serve you*[10]

Después de cenar nos ofrecen una copa de vino, bebida que enturbia mis sentidos.

---

10 Encantado de servirle.

Tengo la sensación de estar envuelta en chispas como cuando me sentaba en la arena cerca del fuego.

La luna ensombrece los colores del día dejando paso a los grises y plateados que se reflejan en el mar, creando un remolino en el agua que no puedo dejar de mirar. Un *dhow* anclado en la playa duerme bajo su luz.

Yasser, relajado por la cena y el vino, dice que ahora es un buen momento para ir a ver las tortugas marinas. Y así lo hacemos. Estos animales despiertan mi ternura. Son enormes y lentos y hacen un gran esfuerzo, protegidos por la oscuridad de la noche, para cavar un hoyo profundo donde depositar los huevos. Después los cubren con la arena que impulsan con sus aletas y, en el instante en que entran en el mar luchando contra las olas, me quedo embobada.

Cuando despierta la mañana le pido a Yasser que me acompañe para darme mi primer baño en el mar; el movimiento del agua me aterroriza y hace que me sienta insegura. Empiezo sintiendo en mis pies la suavidad de la arena blanca, me atrevo a meterlos en el agua sin pasar de la orilla.

–¡El agua está caliente! —exclamo asombrada.

Yasser me coge de la mano para que me moje todo el cuerpo y me invade una sensación intensa, entre placer y temor.

Los siguientes días de descanso los disfrutamos paseando por la orilla del mar, comiendo pescado y durmiendo mucho. Me siento a gusto en su compañía.

Antes de abandonar esta región visitamos Sur, la capital, que no está demasiado lejos de las playas de Ras Al Hadd.

Entre la claridad del cielo y la protección que ofrece la bahía contra los vientos y mareas, una playa es la elegida para la construcción de los *dhows*. Indios de Kerala, vestidos con *lunguis*[11], camisetas, y calzados con chanclas, son maestros en el manejo de

---

11 Prenda tradicional para hombres que se utiliza calzada alrededor de la cintura en la India, Pakistán, Bangla Desh, Sri Lanka, Birmania, Brunei, Indonesia, Malasia, Singapur, el cuerno de África y el sur de la península Arábiga.

herramientas y se dedican en cuerpo y alma a realizar esta labor con técnicas de hace dos siglos, cuando la construcción de barcos de madera estaba en pleno apogeo y los *dhows* se hacían a la mar para pescar perlas o comerciar con China, India o Zanzíbar siguiendo la ruta de las especias.

Me acerco para ver mejor cómo trabajan la madera traída de la India e Indonesia; sus manos morenas la manejan con delicadeza, casi hablando con ella.

Un indio artesano, con paciencia infinita, crea en madera maquetas de *dhows* para venderlas a americanos, coleccionistas excéntricos que pagan fortunas por conseguir uno.

Son gente acogedora que vive en una cabaña que han construido cerca de los *dhows*, entre tablas de madera y andamios; para no separarse de sus barcos, dicen. Me invitan a tomar *chai Masala*, té preparado con cardamomo, clavo, pimienta, canela..., a la manera del que se hace en Kerala. Entre sorbos de té, se encienden los ánimos —nunca han visto una mujer beduina— y quieren complacerme con su hospitalidad y entretenerme contándome las fantásticas aventuras y los maravillosos viajes de Simbad el Marino navegando en su *dhow*, empujado por los vientos monzónicos del océano Índico o surcando los siete mares.

En las inmediaciones, la luz del faro de Sur con cúpula celeste y ventanas enrejadas, amurallado y elevado sobre una roca, confiere un aire romántico a las casitas blancas de pescadores y nos indica que está oscureciendo. Me siento como si acompañara a Simbad en uno de sus viajes. Llega el momento de dejar que la noche apacigüe los ánimos.

Me levanto antes del amanecer: huele a mar y la bruma aún cubre la playa de Sur. Paseo por su arena fina y grisácea. Las algas verde fosforescente se enredan en mis pies desnudos y me hacen cosquillas; los cangrejos empiezan a desperezarse; un *dhow* atraviesa la bahía dejando el manejo de sus velas al viento juguetón. Sin apenas notarlo, el sol levanta el día y las gaviotas despliegan sus alas. El cielo se inunda de color anaranjado y violeta; unas gotitas de agua de mar, traídas por la brisa, refrescan mi cara y enmarañan mi melena. La belleza lo inunda todo y yo me quedo traspuesta.

—¡Mujer beduina! —la voz enérgica de Yasser me devuelve a la realidad.

Quiere llevarme a un restaurante donde sirven comida tradicional, su preferida. Me apetece la idea de comer según la costumbre local. Cuando entramos, para mi sorpresa, solo hay hombres; había imaginado familias. El suelo del restaurante está cubierto por alfombras. Nos descalzamos y entramos. En las mismas alfombras se extienden unos plásticos que se usan como manteles y facilitan la recogida de las sobras de la comida; dispuestas sobre los plásticos hay unas cajitas de cartón de las que salen servilletas.

Los hombres, vestidos con la *dishdasha*, sentados sobre las alfombras y recostados sobre grandes almohadones, comen de la misma bandeja aleta de tiburón acompañada de ensalada, verduras y arroz con *curry*, influencia de la cocina india. Con la mano derecha hacen una bola mezclando la comida que se llevan a la boca; al terminar de comer, no utilizan las servilletas de las cajitas, sino que pasan al lavabo para limpiarse las manos. En la terraza que mira al mar se relajan tomando *chai karak* acompañado de dátiles. No hablan entre ellos, miran la pantalla del teléfono móvil que se ha convertido en la tercera mano y absorbe toda su atención.

Yasser y yo, imitándolos, nos sentamos sobre las alfombras y comemos con las manos. Saboreamos la aleta de tiburón; cuesta masticarla, nunca hubiera imaginado que se pudiera comer. En alguna ilustración de cuentos infantiles había visto al tiburón como un pez invencible. Salgo satisfecha con la comida y la experiencia.

Al otro lado del restaurante, un cable de tendido eléctrico y una verja entorpecen la visión de una mezquita de silueta marfil. Los efectos de la calima del sol difuminan su cúpula embellecida con dibujos de rombos y coronada por la media luna dorada; dos alminares de elevación simétrica custodian su feminidad.

Nos alejamos de Sur bordeando la costa. Un vendedor ambulante llama nuestra atención agitando los brazos. Vende *chai Karak*, así que nos paramos unos minutos para degustarlo en unos vasitos de plástico.

Conforme avanzamos, el paisaje cambia su aspecto radicalmente: a través de pistas polvorientas y la sequedad árida de las montañas nos adentramos en Wadi Ash-Shab, oasis refrescante cuyas aguas de diversas tonalidades de verde rasgan la montaña.

La noche nos coge desprevenidos por lo que Yasser, a quien no le asusta lo inesperado, improvisa un mini campamento: monta las tiendas bajo una palmera y saca las conservas que compró en el centro comercial de Nizwa, porque en este paraje protegido no se pueden encender hogueras. Sólo se oye el lenguaje de las aves del Paraíso.

Por la mañana, cuando sale el sol, la vida en el oasis también despierta.

Continuamos hacia el parque de Hawiyat Najm y al llegar nos encontramos con un gigantesco hueco en la tierra lleno de agua azul cobalto y verde esmeralda. Una escalera de hierro con escalones elevados permite bajar para bañarse o ver cómo nadan los peces diminutos; me impresiona la profundidad del hueco.

Un lugareño que cree en lo misterioso, pescador metido a vigilante del hueco, se acerca a mí para contarme la estrambótica historia de un meteorito que cayó aquí y terminó desintegrado. El impacto moldeó la tierra dejando este hueco por el que, nadando bajo el agua, se accede a cuevas que comunican con otros mundos.

Dejamos lo mágico atrás... A un lado tenemos el mar y, al otro, un cañón de tierra rojiza y ocre, simbiosis entre la aridez de las montañas Al Hajar y la humedad del mar de Omán, compenetración entre roca y mar.

Antes de dejar atrás definitivamente la región de Ash-Sharqiyah Sur, paramos para comer en Qurayyat, pueblo pesquero con un fuerte que memora tiempos más defensivos. Unos pescadores, que acaban de regresar de su jornada en el mar con la barca rebosante de pescado, se disponen a cocinar un atún recién pescado en un fuego que encienden en la misma arena. Nos invitan a compartirlo con ellos y aceptamos con mucho gusto.

En ese momento, Yasser recibe una llamada inesperada de Nabil. Hablan poco rato. Yasser le cuenta que nos encontramos en Qurayyat, cerca de Mascate. Luego escucha atentamente lo que Nabil le dice sin interrumpirle y se despide de él con el rostro apenado. A continuación su mirada busca la mía, sé que va a contarme algo que le afecta.

—Yasmin, se acerca el fin de nuestro viaje en compañía.

—¿Qué sucede? —le interrumpo ansiosa.

—Pronto tendrás que viajar en solitario —noto cómo su voz se entrecorta—. Siento mucho que sea así.

Enmudezco porque no me esperaba esta noticia. Desde el primer momento había pensado que viajaría con él. Con el sabor del pescado aún en la boca, el Ave Fénix, Yasser y yo emprendemos juntos el último trayecto del viaje.

Las pequeñas montañas picudas de una garganta rocosa y alguna aldea de casitas de adobe medio abandonadas en un pequeño oasis anuncian que estamos llegando a Mascate, ciudad sultana del golfo de Omán.

En la corta distancia que nos queda hasta llegar a Mascate, intento recordar cuántos días han pasado desde que dejé mi tienda beduina y mi familia; cuánto tiempo he permanecido en cada lugar que he visitado y qué distancia había entre ellos, pero no lo consigo,

seguramente es porque he estado muy ocu-
pada descubriendo el mundo y sumergida en
nuevas experiencias. Aunque ya he empezado
a descubrir qué hay más allá de los límites del
desierto y he vivido algunas aventuras, quiero
seguir explorando el Paraíso para encontrar
el amor y que mi sueño sea completo. Lo único
que lamento es tener que viajar sin Yasser.

II parte.

Oculto tras el velo

En la amplia habitación de un hotel de cuatro estrellas situado en Sultan Qaboos Street, la vía rápida que conecta Mascate con el aeropuerto, el sonido estridente del teléfono me despierta repentinamente. Es Nabil. Su llamada me sorprende. Se pone en contacto conmigo para explicarme la razón por la cual a partir de ahora continuaré mi viaje en solitario:

—Yasmin, debes "despertar" por ti misma, sin la protección de Yasser —su voz no titubea.

—Entiendo, pero eso me asusta —le respondo preocupada.

Aunque me resisto a viajar sola, Nabil, hombre de pocas palabras, insiste:

—Recuerda que has salido en busca de tu sueño de encontrar el Paraíso —habla con la austeridad propia de la firmeza de carácter de un hombre fraguado en el desierto.

Nuestra conversación es breve. Cuelgo el teléfono inquieta y con el amargo sabor del adiós.

Yasser y yo compartimos nuestro último desayuno sin nada que decirnos, mirándonos de reojo, respirando la pena por la separación. Antes de levantarnos de la mesa, Yasser me entrega un plano de Mascate y una bolsita de seda como regalo de despedida.

—¡Sé fuerte! —intenta darme ánimos, aunque en su rostro, sus ojos arábigos contienen las lágrimas—. Dentro de la bolsita hay una cantidad suficiente de rials que facilitarán tu viaje en solitario los próximos días. Toma mi número de teléfono —Me lo da apuntado en un trozo de servilleta—: utilízalo solamente en caso de necesidad.

Un nudo en la garganta me impide pronunciar palabra alguna. "Echaré de menos su protección y su locura como compañeras de viaje", pienso con melancolía.

En la puerta del hotel nos despedimos con un abrazo y con las emociones a flor de piel. Yasser sube al Ave Fénix y, sin mirar atrás, se aleja de Mascate por la vía rápida dejando un rastro de melancolía en mi rostro. Sigo con la mirada cómo se va.

De pronto, una ráfaga de viento proveniente del mar de Omán que baña Mascate devuelve mis pensamientos al momento presente. La humedad es tan asfixiante que me corta la respiración y me ahoga aún más en una tristeza que llega sin avisar, como la gran tormenta de arena. En este instante noto que mi pantalón y camiseta están empapados de sudor, así que decido volver al hotel para subir a mi habitación y cambiarme de ropa. Al abrir la puerta de mi habitación, una sensación térmica muy fría —debida a la baja temperatura del aire acondicionado— encoge mi cuerpo y congela mi tristeza.

Casi titiritando cambio mi ropa mojada por la seca y, con la intención de ahuyentar la tristeza y enfrentarme a mi viaje en solitario por primera vez, salgo a dar una vuelta por los alrededores del hotel. Una vez en la calle diviso un puente que se eleva por encima de la vía rápida. Camino hacia él, lo cruzo y llego a un barrio selecto de casas blancas con patio.

En el barrio, las calles están desiertas y las tiendas tienen el cierre echado. Escucho un sonido chirriante. Me acerco a una casa y miro por encima del muro que da al patio: unos hombres están afilando un cuchillo para la matanza del cordero. ¡Ahora caigo! Se celebra el *Eid Al-Fitr*[12].

Siento pena del cordero, por eso me alejo de la casa buscando una calle trasera. Cuando la encuentro, camino por ella y me tropiezo con algunos patios que tienen las puertas entreabiertas. Sin querer veo unos corderos que están siendo degollados; otros cuelgan de un árbol dispuestos para el desuello.

Se me eriza la piel; es la primara vez que presencio la matanza del cordero. En el desierto los hombres se alejan de las tiendas beduinas para sacrificar al cordero.

El barrio selecto huele a sangre y a muerte. Un sudor frío recorre mi cuerpo; me siento indispuesta. Por suerte encuentro un banco de piedra en la esquina de la calle trasera para sentarme. Al cabo de un rato, cuando me recupero, me levanto y sigo andando; no quiero

---

12 Fiesta de la ruptura del ayuno. Fin del Ramadán.

ver, oler ni oír más. De vuelta al hotel, mis pasos me conducen hasta una mezquita que observa en silencio todo cuánto sucede en el barrio.

Aturdida aún por la matanza del cordero, paso un día encerrada en mi habitación del hotel. En realidad, el "encierro" no es más que una excusa para posponer enfrentarme al viaje en solitario.

Durante este día de soledad se me ocurre que estaría bien escribir sobre mis vivencias; en el desierto solía hacerlo en cuadernos polvorientos. Fue Nabil quien me inculcó el amor por la escritura. Así que, al día siguiente, cojo mi cuaderno y mi lápiz y bajo al vestíbulo dispuesta a escribir.

Me siento en uno de los sillones forrados en piel que queda en un extremo del vestíbulo aromatizado con esencias orientales. Desde este rincón, tengo una perspectiva inmejorable de la entrada del hotel.

Delante de mí pasan carritos portamaletas que transportan, como parte del equipaje, *dishdashas* blancas perfectamente planchadas y envueltas en plástico. Algunos guías esperan a sus clientes que llegan vestidos tradicionalmente pero con complementos modernos: gafas de sol oscuras, teléfonos móviles de última generación y todoterrenos aparcados en la puerta principal. Al mismo tiempo aparecen turistas y viajeros de toda clase y condición.

Escucho como un guía le dice a otro que un grupo de japoneses parecen adormecidos por el desfase horario y que unos hombres africanos vestidos con trajes europeos acuden a un congreso intercultural; también que una mujer velada con un bolso de Christian Dior y tacones de aguja atraviesa el vestíbulo tímidamente. Este continuo trasiego de gente, que me recuerda a la animación del zoco de Nizwa, me distrae del recuerdo de la matanza del cordero.

Después de estar un buen rato sentada, me levanto del sillón para estirar un poco las piernas y, cuando llego al otro extremo del vestíbulo, unas urnas protegidas con alarma antirrobo llaman mi atención. Las urnas exhiben cuatro collares de oro expuestos en unos bustos femeninos sin cabeza (excentricidad de un diseñador francés). En la pared, detrás de las urnas, distingo una escritura extraña. Como mi curiosidad es grande, me armo de valor para preguntarle a la recepcionista qué significa; de ahora en adelante tendré que vencer mi timidez. La recepcionista dice que se trata de escritura jeroglífica utilizada en el antiguo Egipto y me recomienda que lea la trascripción en árabe bajo los signos gráficos. Hago lo que me indica y consigo entender el enigma:

> *Collares pertenecientes a una reina anónima de la dinastía XIX hallados en el Valle de las Reinas en la ribera occidental del Nilo, frente a Luxor.*
>
> *Excavación arqueológica de 1845 bajo el mecenazgo de Henry Burgoyne, vizconde de Somerset.*

La recepcionista, entusiasmada por mi interés, sale de la recepción para relatarme la historia de *Lord* Somerset:

Lord Somerset vivió en la Inglaterra de la época victoriana. En una sociedad de doble moral y rígidos prejuicios, se le tachó de "vividor" de gustos "algo retorcidos" ya que, por lo visto, solía frecuentar establecimientos de ocio masculino de dudosa reputación. Según cuentan las malas lenguas, dilapidó toda su fortuna únicamente por alardear de haber encontrado joyas y demás objetos valiosos en la tumba de la reina anónima del Valle de las Reinas. Dicen que murió joven a causa de una extraña enfermedad contraída en Egipto.

La belleza, la antigüedad de las joyas y la disposición de estas levantan en los clientes tanto asombro y admiración como indignación.

Embelesada por la delicadeza del trabajo de orfebrería de los collares, no advierto que alguien se acerca a mí.

—Disculpe, soy Muhammad, el botones del hotel.

—¡Me ha asustado! —le digo.

—Veo que está sola. ¿Le gustaría que le mostrara las diferentes dependencias del hotel? —pregunta sin apenas darme tiempo a sobreponerme.

Me tomo algunos segundos para responderle y, aunque su ofrecimiento que ha cogido desprevenida, confiada por su uniforme de botones al estilo tradicional omaní, acepto ir con él. Muhammad es un beduino espabilado de mirada traviesa que ha llegado a Mascate huyendo de cabras y camellos y que enseguida reconoce mis orígenes.

Recorremos el hotel a pie y en ascensor. En la planta baja, junto a la recepción, se encuentra el restaurante dedicado exclusivamente al servicio de desayuno. Subimos directamente a la tercera planta. Aquí, en una sala para fumadores, los clientes se entregan al gusto oriental de fumar narguile. Muhammad me explica que la decoración de esta sala está inspirada en los *Gentlemen's Clubs*[13] de Londres, con mesas bajas de madera y butacas de piel. Seguimos subiendo. Ahora nos encontramos en la cuarta planta que está sufriendo un proceso de remodelación completo: las habitaciones se adaptan para acoger un restaurante de alta cocina internacional. En la quinta y última planta no hay nada interesante, tan solo las habitaciones de los empleados. Muhammad se ha empeñado en enseñarme donde se aloja. Esta parada me inquieta.

Andamos por el largo pasillo hasta su habitación. Con total naturalidad, Muhammad saca una llave del bolsillo de su uniforme

---

13 Clubs de caballeros.

tradicional, abre la puerta y me invita a pasar. De repente siento cómo su cuerpo se abalanza sobre el mío violentamente. En el impacto caemos al suelo. Forcejeamos. Sorprendentemente mi fuerza es superior la suya. Después de arañarle y patalearle consigo deshacerme de él. Salgo corriendo hacia las escaleras y bajo saltando los escalones de dos en dos hasta que logro alcanzar el vestíbulo. Ya en la recepción, con el corazón en la boca, me dirijo a la recepcionista para contarle lo sucedido.

La recepcionista, que parece no extrañarse por el comportamiento de Muhammad, me trae un vaso de agua y se ofrece para hablar con el director del hotel sobre la agresión. Me siento furiosa y asustada. Necesito urgentemente llamar a Yasser. ¡Ojalá estuviera aquí! Aunque pensándolo bien, creo que debería esperar a calmarme. Tan solo ha pasado un día desde que se fue.

Después de no sé cuánto tiempo consigo tranquilizarme, pero la rabia aún perdura. La recepcionista regresa de hablar con el director y me dice que ya se han tomado medidas contra el botones: ha sido despedido. Aprovecho la buena noticia para subir a mi habitación y buscar el trozo de servilleta donde Yasser me apuntó su teléfono. Enseguida vuelvo a la recepción para llamarle.

Le pido a la recepcionista que me marque el número. Lo hace y me pasa el teléfono. Al otro lado del hilo telefónico, la voz de Yasser consigue que me sienta más aliviada. Aunque de mi boca salen pocas palabras, Yasser enseguida comprende mi desconsuelo. Le ruego que venga a verme, pero le resulta imposible atender mi petición pues le han contratado para que guíe una caravana de 4x4 por el desierto hasta la frontera con Yemen. Afortunadamente, el final de la conversación es esperanzador: promete visitarme en tres días.

Pensando en qué voy a ocupar el tiempo durante los días de espera, le doy las gracias a la recepcionista por su amabilidad y me retiro a mi habitación; fuera los peligros del mundo acechan.

Estos días me he sentido perdida en el Paraíso: sin saber a dónde ir ni qué hacer. Por eso he preferido quedarme en el hotel acompañada de mi cuaderno y mi lápiz, dando vueltas de mi habitación al vestíbulo, del vestíbulo al restaurante y del restaurante nuevamente a mi habitación.

He conocido la sensación de estar aburrida —en el desierto nunca sentí esta emoción— y he tenido tiempo para pensar en los consejos que me dio Wisal. Esta vez, como me pasó con Aziz en el zoco de Nizwa, tampoco los he seguido. A partir de ahora espero no ser tan confiada y aprender de mis errores. Finalmente pasan los tres días... Y por fin Yasser llama a mi puerta.

—¡Yasmin! ¿Estás ahí?

Nada más abrir la puerta, me echo en sus brazos. ¡Cuántas ganas tenía de verle! Yasser esboza una sonrisa y me abraza con gran alegría.

Envueltos por la euforia del reencuentro, nos sentamos en el sofá y hablamos:

—Yasmin, es la primera vez que sufres violencia en tu vida —su voz es clara, pero su semblante se oscurece.

—¡Ha sido horrible, horrible! ¡Quiero volver con mis cabras! —grito buscando con la imaginación la seguridad de mi tienda beduina.

—¡Hum!... Si así lo deseas... Lo importante es que estás bien. Pero... ¿qué sucede con la búsqueda de tu propio Paraíso? —me pregunta tocándose la barba con actitud preocupada.

—Ya he traspasado los límites del desierto y he vivido algunas aventuras que es lo que quería —el miedo habla por mí.

—En ocasiones el Paraíso abre las puertas del Infierno —me dice cogiéndome de la mano.

—Nunca imaginé que me pasaría algo así —le digo mientras sujeto su mano con fuerza.

—Tal vez deberías concentrarte en buscar el amor, la otra parte de tu Paraíso.

Sus palabras me dejan pensativa.

—Y ahora, Yasmin, vamos a descansar.

Esta noche, Yasser se queda a mi lado para que me sienta a salvo. Por la mañana temprano, la frescura del amanecer despeja la rabia y el miedo y hace que me sienta con más energía:

—¡Yasser, voy a continuar con mi viaje! —exclamo sorprendiéndome a mí misma.

—¡*Fantastic!*[14] —responde haciendo gala de su carácter risueño—. Sea como sea, es conveniente para ti alejarte de este hotel.

Sin más, baja a la recepción para comunicarle a la recepcionista que mi estancia ha concluido.

Por la mañana el reencuentro con el Ave Fénix me llena de alegría y nostalgia a la vez. Mientras Yasser coloca las maletas en el maletero me cuenta que la ciudad de Mascate está dividida en varios distritos y que para ir de uno a otro hay que moverse en coche ya que las distancias son considerables. Luego nos dirigimos a un distrito de Mascate que los taxistas llaman *Sunset Boulevard* por la distancia de la avenida sin fin, comparándolo con el distrito de Los Ángeles en Estados Unidos.

Una gasolinera al inicio de *Sunset Boulevard* y otra al final delimitan la avenida. A media distancia entre una gasolinera y otra se encuentra el hotel donde voy a alojarme a partir de ahora. Yasser estaciona el Ave Fénix

---

14 ¡Fantástico!

delante de la misma puerta. Una escalinata de piedra y una puerta de cristal, que se abre al pasar, son la carta de presentación del establecimiento hotelero.

Traspasar la puerta de cristal es como adentrarse en el universo beduino: la ambientación del vestíbulo consiste en una tienda beduina de dimensiones reducidas. En el suelo de la tienda se extiende una alfombra con cojines rojos de dibujos verdes, negros y plata y sobre la alfombra, una mesita para degustar dátiles y café negro o *chai Karak*, gentileza del hotel para sus clientes. Una cimitarra con empuñadura de plata cuelga de la pared de la tienda.

En la parte delantera del mostrador de la recepción hay dibujados una fortaleza y dos águilas; los emblemas del hotel. Sobre el mostrador, como elementos decorativos, la maqueta de un *dhow*, como las que vi en Sur y una lámpara árabe. Al lado del mostrador, un carrito plateado con un juego de té de la China desentona, pues no tiene nada que ver con el resto de la decoración.

El recepcionista, un filipino que habla por los codos, nos saluda con un *¡Marhaban* *becom!*[15] y, después de registrarme como clienta, me entrega la llave de mi habitación. A continuación Yasser me lleva la maleta hasta el ascensor que se encuentra justo al lado de la puerta de cristal. Mientras esperamos que el ascensor baje del último piso, me doy cuenta de que en que la pared hay escritos unos versos del Corán.

Una vez en mi habitación noto cómo a Yasser le cambia la expresión de la cara. Los dos sabemos que ha llegado la hora de una nueva despedida. Antes de marcharse me dice que aquí estaré bien ya que este distrito está lleno de vida y rebosante de comercios, cafeterías y restaurantes.

A partir de este momento, me quedo sola otra vez.

Cuando se va, pienso que verle nuevamente y hablar con él me ha ayudado a darme cuenta de que las experiencias sirven para madurar. Voy a proponerme no llamarle cada vez que pase algo desagradable en mi viaje, así avanzaré en la búsqueda de mi propio Paraíso.

---

15 ¡Bienvenidos!

Mi habitación es sencilla, no necesito más. Da a una calle estrecha por donde corre algo de aire. Me asomo a la ventana, y a través de ella veo que en el edificio de enfrente unas palomas han construido su nido sobre los aparatos de aire acondicionado. En la terraza del edificio un indio tiende los saris y los *dhotis*[16] de toda la familia. Mirando hacia abajo descubro un café con sillas de plástico que me parece un lugar estupendo para tomar *chai Karak* y seguir escribiendo sobre mis vivencias.

Son las seis de la mañana. Bajo a desayunar acompañada de mi cuaderno y mi lápiz, como hacía en el hotel de cuatro estrellas de la vía rápida, así me siento más segura.

El restaurante abre sus puertas a un vaivén de culturas y se prepara para la cita entre Oriente y Occidente. Los clientes hablan lenguas que me suenan extrañas y se visten de las maneras más diversas. Me encantan los colores vivos de los saris, vestidos con gracia por las mujeres indias, que contrastan

---

16 Prenda de ropa típica para hombres en la India. Tradicional en Bengala y en el Ganges. Consiste en una pieza rectangular de algodón que puede llegar a medir hasta cinco metros. Se enrolla alrededor de la cintura y se une pasándola por el medio de las piernas fijándose finalmente en la cintura.

con la severidad negra de las *abayas* de las mujeres musulmanas. Las americanas y europeas visten, sin pudor alguno, pantalones cortos y camisetas de tirantes; por supuesto, son diana de todas las miradas.

El mismo grupo de turistas japoneses, que vi en el vestíbulo del hotel de cuatro estrellas de la vía rápida, irrumpe en el restaurante en orden y silencio.

Los camareros que están a cargo del bufé hablan sobre ellos: "parece que ya se han recuperado de las interminables horas de vuelo". Comentan que el equipo de fútbol Al-Sadd de Doha hace mucho alboroto y que una familia árabe llama la atención por lo numeroso de sus miembros: los abuelos, los padres y ocho hijos. La madre, acicalada con alhajas de oro, luce una túnica blanca y cubre su pelo con un *hiyab* morado que resalta su belleza aún joven. También se quejan de la tardanza de un matrimonio de Arabia Saudí en bajar a desayunar. La mujer oculta su voluptuosidad femenina tras una *abaya* y un *niqab*[17] negros; unos guantes también negros esconden sus manos.

---

17 Velo que cubre el rostro de las mujeres musulmanas en algunos países del golfo Pérsico y en otros países musulmanes.

La mesa donde se sientan no está demasiado apartada de la mía; por lo que puedo ver que entre ellos no existe comunicación alguna. Para comer y beber, la musulmana se levanta el *niqab* con mucha delicadeza y consigue hacerlo sin mancharse. Sus ojos profundos me miran de reojo. Su mirada me da a entender que le sorprende mi vestimenta y que siente curiosidad por saber quién soy. Me armaría de valor para hablar con ella y comprender lo sutil de su mundo femenino: saber cuáles son sus deseos, si ama y se siente amada…, pero creo que no va a ser posible ya que la presencia inseparable de su marido me lo impide.

El ruido que hacen las sillas al ser arrastradas por el matrimonio saudí al levantarse de la mesa interrumpe mis pensamientos. Han acabado el desayuno y se van como vinieron, en silencio.

Yo también he acabado mi desayuno y, con la intención de acostumbrarme al nuevo hotel, paso la mañana en el vestíbulo, bajo la sombra "imaginaria" de la tienda beduina. Por supuesto, sin separarme de mi cuaderno y mi lápiz. Después de observar el ir y venir de los huéspedes, anoto que viajar es una actividad bastante común entre las personas, independientemente de la cultura de donde provengan.

Un cliente de rostro anciano con barba y bigote, vestido con una *dishdasha* azul marino, se sienta con las piernas cruzadas en la alfombra de la tienda beduina. Me mira con la mirada de muchos años vividos y me lanza una media sonrisa. A continuación se acomoda para prepararse un café: vierte un poco del líquido negro de la cafetera a la *finjaan*; seguidamente lo vuelca de una *finjaan* a otra varias veces para acentuar el sabor y, cuando cree que está a su gusto, lo bebe a sorbos, cerrando los ojos para saborearlo con placer. Finalmente lava la *finjaan* en un recipiente con agua y lo sacude, satisfecho.

—Hoy hay movimiento de clientes en el hotel —me dice levantándose para ir a la recepción y pidiéndome que vaya con él.

Sigue hablando de los clientes como si yo no estuviera presente para verlos. Llega una familia de ojos saudíes que entra en el vestíbulo con mucho equipaje. El hijo mayor, con los pasaportes de toda la familia en la mano, se acerca a la recepción para realizar los trámites de entrada al hotel. Reserva todas las habitaciones de la primera planta. Mientras tanto, la madre y las hijas miran los objetos que se venden como recuerdos de Omán y que están guardados bajo llave en un expositor. Hassan, el niño más avispado de la familia, el de los ojos de luna enmarcados por una piel dorada por el sol, lleva a sus cuatro hermanos de la mano. De pronto, el anciano —como si ya lo hubiera dicho todo— deja de hablar, se despide de mí y sale del hotel.

En el momento en el que la familia saudí sube a las habitaciones, el recepcionista filipino aprovecha para darme conversación; estoy segura de que lo hace porque ha visto que el anciano se ha ido.

—Llevo un dragón tatuado en la espalda —me cuenta y describe con todo lujo de detalles cómo se lo tatuaron en el puerto de Shanghái.

Sin hacer ninguna pausa para respirar continúa hablando, esta vez sobre la ocupación de Filipinas por los españoles; su palabrería me aburre. El estrépito del motor de un coche rojo que llega al hotel me salva del aburrimiento.

—¡Ha llegado el cliente del Maserati! —grita el recepcionista a los aparcacoches.

Del despampanante coche se baja un hombre velado que entra en el vestíbulo. Al pasar delante de mí su penetrante olor a sándalo me deja aturdida. Lleva una *kúfiyyah* que le cae por la espalda hasta la cintura, sujeta con un *agal*[18]. Sin importarle mi presencia se arregla el velo con coquetería delante del espejo del ascensor que se acaba de abrir. Antes de subir se da media vuelta, inclina su cabeza y me saluda con la mano derecha en el corazón. En este instante advierto que en uno de sus dedos luce un anillo de oro con un diamante ovalado que me recuerda el anillo iraní de Yasser.

Aunque bajo la tienda beduina me siento resguardada del mundo exterior, después de mucho pensarlo hago un esfuerzo para salir a la calle. Subo a mi habitación y me pongo a buscar el mapa de Mascate que Yasser me regaló, pero no lo encuentro por ninguna parte, así que vestida de inseguridad y sin el mapa salgo a *Sunset Boulevard*.

Empiezo por dar un pequeño paseo por los alrededores del hotel para familiarizarme con el entorno. Me llama mucho la atención que

---

18 Cordón que sirve para sujetar la *kúfiyyah* a la cabeza.

casi todo el mundo utilice el coche para desplazarse. Las únicas personas que veo son indios y paquistaníes que se dirigen a sus trabajos de limpieza en hoteles o a la construcción.

Me paro delante de un café árabe. Sale un hombre que me pregunta si busco algo. Cuando le digo que estoy paseando para conocer la avenida, sin pedirle nada, me indica que un poco más allá se han instalado pequeños negocios atendidos por bangladesíes: lavanderías, alquiler de coches, farmacias, fotografía e impresión de documentos, reparación de relojes, telefonía móvil, libros, informática y agencias de viajes. Justo al lado de estos pequeños negocios, los libaneses gestionan el dinero en las sucursales del Banco del Líbano. Cerca de los bancos se han abierto restaurantes para todos los bolsillos que abren de sol a sol. Se puede encontrar desde comida rápida hasta el refinamiento de la gastronomía persa. Casi en cada esquina hay barberías sirias decoradas con sus sillones de piel roja y grandes espejos; llevar la barba y el bigote bien arreglados es esencial para la masculinidad árabe. Cuando termina de hablar, le doy las gracias por la explicación; él me desea que pase un buen día y se va.

¡Cuánta variedad de negocios! ¡Y de personas diferentes en la misma avenida! Estoy asombrada por la cantidad de comercios que ni siquiera sabía que existían.

Sin saberlo he elegido el momento más concurrido de la mañana. Unos hombres vestidos con traje aparcan sus coches delante de los negocios que regentan. Empiezan el día con parsimonia; hablan sobre sus BMW; intercambian impresiones con otros negociantes; toman *chai Karak*; fuman...

Unos minutos más tarde, mujeres veladas, que conducen costosos coches, aparcan delante de *Rayana*, el único centro de belleza femenino que encuentro por aquí. Seguramente, estas mujeres se sienten atraídas por los beneficios rejuvenecedores para la piel que prometen los masajes ayurvédicos.

Mientras leo el cartel que anuncia los masajes, una de las mujeres se acerca a mí para contarme que la puerta de entrada a *Rayana* proviene de un palacio de Rajastán y que, pese a su antigüedad, ha sido modernizada con un interfono. La función que tiene esta puerta es la de resguardar al mundo femenino de miradas inoportunas.

Tan sólo unos pasos más adelante se erige un centro espiritual: una mezquita de mármol coqueta, ajardinada y con una sola cúpula y alminar. Permanezco bastante tiempo contemplando su belleza. El mármol varía su tonalidad, de dorado a rosado, según la intensidad de la luz del sol y la zona ajardinada la embellece aún más. En la parte trasera de la mezquita, ante una puerta con celosía, zapatos de mujer desordenados indican que me encuentro en la entrada a la sala de oración femenina.

Se me ocurre mirar a lo lejos: parece que aún hay que andar bastante para conocer todo *Sunset Boulevard*, así que dejo la exploración para otro día. Mi primera impresión ha sido desconcertante. Verdaderamente, no sé si me encuentro en Omán o en un país nuevo creado por la fusión de varias lenguas y culturas.

Como estoy agotada por tanta novedad, me retiro a descansar. En el camino hacia el hotel, alzo la mirada al cielo para ver las estrellas, como solía hacer en el desierto, pero no veo ninguna. Tal vez por esta ausencia me invade nuevamente la sensación de estar perdida en el Paraíso. A pesar de este sentimiento, mi deseo por encontrar el amor me da fuerzas para seguir adelante con mi búsqueda.

En los días sucesivos, puesto que ya me he atrevido a dar el primer paso en solitario para conocer *Sunset Boulevard*, siento que tengo mayor valor para salir a la calle. Así pues, emprendo el camino hasta la mezquita y, a partir de aquí, sigo explorando la avenida.

En esta parte de la avenida abundan las tiendas de confección para mujer cuyos letreros están escritos en hindi, según me dice un indio que sale a la puerta de su comercio para fumar. ¡Qué curioso! ¡Universos de moda femenina en manos de indios costureros!

Estos modistos se esmeran mucho en la estética de los escaparates pues son su mejor reclamo. Por lo que puedo apreciar están de moda los vestidos largos con grandes cinturones y las túnicas de colores chillones con mangas largas y anchas y cuellos redondos o picudos; las cenefas doradas o plateadas rematan los bordes de vestidos y túnicas.

Igualmente llamativo es el interior de estos establecimientos en los que maniquíes de caras occidentales muestran colecciones de vestidos de novia muy del gusto oriental, recargadísimos de lentejuelas.

Durante el día, el sol cuece el asfalto en *Sunset Boulevard*. Al atardecer, el ruido de coches y una "marea" de indios, que pasean o se tumban en el césped chamuscado, se adueñan de la avenida. Para soportar el ruido y la multitud sueño despierta con el silencio y la soledad del desierto. ¡Qué descanso!

Me asusta ser la única mujer que pasea sola por la calle bajo las miradas indiscretas de los hombres indios de manera que, inmediatamente, busco algún lugar donde refugiarme. Lo primero que encuentro es una heladería con terraza en la que no solo venden helados sino también zumos naturales recién exprimidos y batidos de mil sabores. Así que aquí me quedo, sentada en el interior de la heladería.

El camarero se acerca.

—Señora, ¿puedo recomendarle el *Alkaref*? Es la especialidad de la casa: un helado recubierto de pistachos y nueces con un baño de caramelo —me ofrece lo mejor de la heladería; sin duda con intención de agradarme.

—Me encantaría probarlo —le respondo con ganas de tomar algo dulce.

Los clientes llegan a la heladería en sus coches y, sin bajarse de los vehículos, utilizan el claxon para llamar al camarero. Este se da por aludido y sale corriendo de la heladería con la libreta de comandas en la mano. La mayoría son clientes árabes que vienen de otros distritos de Mascate únicamente para darse el gusto de saborear los mejores zumos y batidos de la ciudad.

Mientras me tomo el helado, a través de un aparato de radio llega una voz de mujer. Entre el dulzor del helado, la voz cálida de la cantante y el ir y venir de los coches, olvido por completo las miradas indiscretas de los hombres indios. Cuando acabo el helado me levanto de la terraza dispuesta seguir andando por la avenida ignorándolos.

Cerca de la gasolinera que delimita la avenida llego a una intersección: *Sunset Boulevard* se cruza con un barrio residencial donde viven algunos militares de la Real Fuerza Aérea de Omán. Precisamente en esta intersección, como símbolo de separación entre dos mundos opuestos, se encuentra en construcción una mezquita de cúpulas algo más ovaladas que las que he visto hasta ahora; parece que se trata de la expresión de una tímida innovación.

Siento interés por conocer el barrio residencial de los militares y me adentro en sus calles. Todas las casas tienen un jardín rodeado de un muro por el que trepan jazmines.

Estos mini paraísos de tierra y luz rebosan de agua; entre las palmeras y los árboles frutales vuelan pájaros y mariposas de colores extravagantes. Los olores que desprenden me trasportan al desierto, al momento en que la caravana guiada por Nabil atravesaba su aridez y llegaba a la frescura de los oasis.

Este momento de paz se ve truncado por las voces de unos ingenieros militares. Estos hombres pasan por la calle hablando sobre los aviones C295 que el Sultanato de Omán ha comprado a Airbus Military y que se fabrican en la planta de Sevilla. También hablan sobre un Jaguar y una Harley Davidson que se resguardan de los rigores del sol en el garaje de una de las casas con jardín.

He tenido suficientes emociones por hoy y decido regresar.

En el camino de vuelta pienso en mi exploración de *Sunset Boulevard* y en cuánta razón tenía Yasser cuando me decía que era un distrito lleno de vida y rebosante de comercios, cafeterías y restaurantes.

Cada vez estoy adquiriendo mayor confianza en viajar y desplazarme en solitario, así que considero la posibilidad de ir más allá de *Sunset Boulevard,* quizá trasladarme a otro distrito de Mascate.

Comparto este pensamiento con el recepcionista filipino que me recomienda que busque un hotelito en Mutrah, antiguo centro de Mascate.

Como es su costumbre, el recepcionista filipino habla y habla, en esta ocasión describiéndome Mutrah, cuya bahía está dominada por un fuerte construido en la época de la colonización portuguesa. En su puerto atracan cruceros que atraviesan el golfo Pérsico y hacen escala en Omán antes de partir hacia Bombay con destino a las islas Maldivas. Los turistas, que desembarcan de estos cruceros, dan una vuelta por la Corniche, el paseo marítimo, con la intención de ir de compras a Al Dhalam Souq[19], el actual zoco cubierto.

A pesar de la verborrea del recepcionista filipino, sus explicaciones consiguen despertar mi interés por Mutrah. De manera que al día siguiente me despido de él y comienzo mi nueva aventura.

Para llegar a Mutrah no me queda más remedio que contar con los servicios de un taxista. Esta nueva forma de viajar no me convence ya que supone que debo regatear el precio del trayecto y entendérmelas con los rials, actividades de la vida cotidiana de la ciudad a las que no estoy habituada.

A los taxistas no hace falta buscarlos ni llamarlos, siempre hay alguno por las inmediaciones del hotel. La manera que tienen de captar la atención de los turistas es con la insistencia de los pitidos de sus taxis, cuyo sonido me incordia muchísimo.

---

19 Antiguo nombre del zoco de Mutrah, mercado sombreado. Construido en paredes de adobe y cubierto con hojas de palmeral.

Preparada para ir a Mutrah en la puerta del hotel, me subo en el primer taxi que se acerca. Aunque procuro disimular, creo que se nota que es la primera vez que cojo un taxi. Siguiendo la práctica habitual regateamos el precio del trayecto hasta un hotelito de Mutrah; mi primer regateo me ha resultado bastante complicado.

—¿Quieres que me desvíe para enseñarte la parte alta de Mascate? El precio es el mismo. —me pregunta el taxista cuando arrancamos.

—Bueno —le respondo con curiosidad por ver una zona que no conozco.

Cuando nos acercamos me describe todo lo que vemos: una refinería de petróleo; al lado, en un valle, casas, un campo de golf y una piscina para los empleados. Luego toma un camino de tierra para bajar de la parte alta y dirigirse a Mutrah. Finalmente llegamos y antes de despedirse me da su tarjeta.

—Por si necesitas que te lleve a algún sitio —me dice con actitud servicial.

Anochece mientras me instalo en mi habitación. Desde el balcón disfruto de una vista inmejorable de la bahía de Mutrah: el yate del Sultán Qaboos, atracado en el puerto, muestra su majestuosidad. Los turistas ya han embarcado en sus cruceros y veo cómo, cerca de un acorazado con pabellón francés, desembarcan unos marineros con sus brazos tatuados.

Acaba de salir la luna y está derramando su luz sobre el agua. La bahía parece como salida de una de aquellas narraciones orientales que leía en el desierto cuando era pequeña.

Por la mañana, después del desayuno, yo misma me doy ánimos para salir a la calle. El zoco se encuentra muy cerca del hotelito, junto al puerto.

—Tal vez sería divertido explorarlo —pienso animada.

Nada más entrar en el zoco noto que casi no hay moscas, al contrario que en el zoco de Nizwa. También huele diferente: aquí las esencias que se queman para perfumar son más refinadas y embriagadoras.

Saco mi cuaderno y mi lápiz.

—¡Quizá el perfume sea inspirador! —me digo.

Sospecho que voy a vivir muchas aventuras en este mercado cubierto.

Mis ojos tardan un poco en adaptarse al fuerte contraste entre la luz diáfana de la bahía y la semioscuridad del zoco. Lo primero que veo, al traspasar el arco de entrada a lo que me parece una cueva mágica, es un suelo desgastado y un artesonado de madera vieja, descolorida y polvorienta; en un rincón, una lámpara olvidada por el tiempo y un teléfono de pared que ya nadie usa.

Algunas personas atraviesan la calle principal del zoco con paso rápido. Simplemente la utilizan como atajo para llegar al otro lado. Otras, sin prisa alguna, se paran a hablar con los mercaderes sobre un grupo de turistas australianas que llaman mucho la atención con sus cabellos rubios como el oro.

En cuanto a las mercancías, observo que se exponen de manera sugerente en el poco espacio de que disponen las tiendas: artículos de belleza, turbantes de todos los colores, bolsos, telas, cajitas y mesitas talladas en madera, lámparas de ensueño, objetos extraños traídos del sudeste asiático, pastelitos árabes, bebidas sin alcohol... Tanta exuberancia de productos y ojos mercaderes mirándome hace que me sienta mareada.

Un anciano mercader de gemas se da cuenta de mi malestar y me envía a un mozo para que me acompañe a su tienda. Me coge por el brazo y me lleva a la tienda del anciano mercader que me cede su asiento al lado del ventilador y me trae un vaso de agua.

Por un instante, seguramente debido al mareo y también a mi imaginación, creo que el mercader es el genio salido de la lámpara maravillosa de Aladino. Enseguida me repongo y es entonces cuando veo su verdadero aspecto: bajo un turbante de seda asoma su pelo teñido con *henna*, y, en su rostro, enmarcado con una barba y un bigote perfectamente recortados, resaltan unos ojos bondadosos de un gris azulado trasparente.

—Agradezco su preocupación, señor —le digo sin evitar acordarme de los cuidados y atenciones de Nabil.

—No hay nada que agradecer. Estás bajo mi protección y tu bienestar es lo primero —me responde.

La hospitalidad árabe es conocida desde la antigüedad.

Por su edad y experiencia, el anciano mercader es el comerciante más respetado del zoco. A pesar sus años, no se resiste a utilizar el teléfono móvil para comunicarse con los mercaderes del otro extremo del zoco.

En su tienda vende gemas de Irán, Turquía y Yemen; también perlas y collares con cuentas de cristal, *bokhoor*...

Las gemas son una parte de sí mismo. Las escoge con esmero y las presenta con exquisitez en una caja de madera forrada de terciopelo rojo y tapadera de cristal. El brillo que desprenden las gemas atrae a hombres que desean encontrar la piedra perfecta para engastarla en el anillo de sus sueños.

El contacto visual entre comprador y vendedor inicia la posible compra. Enseguida, el mercader se pone a hablar sobre la procedencia y calidad de las gemas. Su palabrería y gesticulación seducen al comprador quien, después de regatear el precio, se lleva la piedra que más satisface sus deseos.

Fascinada por las artes del mercader, de repente su voz interrumpe mis pensamientos:

—¡Espabila! Debes continuar tu búsqueda —me anima.

Me extrañan las palabras que pronuncia. Habla como si conociera mi interior.

—No te asustes, soy adivino. Tengo este don desde que era pequeño. Hay dos hombres que te protegen —sigue adivinando.

Sorprendida por su clarividencia pienso en Nabil y Yasser.

—No te preocupes, encontrarás tu Paraíso.

Después me dice que es hora de que me vaya. El buen rato que he pasado a su lado aprendiendo sobre las gemas se me ha pasado volando, y el aprecio que le he tomado por haber cuidado de mí hacen que me despida de él con tristeza.

Conforme avanza la mañana, el zoco se va animando, como yo que me siento dispuesta a seguir descubriendo los secretos que esconde. Ilusionada, me acerco a una placita, intersección de callejuelas desde donde se aprecian perfectamente las estrecheces del zoco. En la bóveda, una abertura en forma de ventanal estrellado con cristales de colores permite el paso a la implacable luz solar.

Aquí se agrupan los vendedores de zapatos. Destacan los de color dorado para mujer y para hombre, las sandalias de piel de camello. En una esquina se han instalado improvisados puestos ambulantes en los que mujeres veladas venden broches para sujetar velos femeninos. Estos broches me hacen recordar mi infancia en el desierto cuando recogía mi pelo en mil y un turbantes y Nabil me puso el sobrenombre de Reina de Saba.

En una de estas estrecheces del zoco, un mercader llama mi atención con gestos exagerados.

—¡Por favor, acércate! —me grita.

Miro hacia él y lo veo rodeado de cestas y sacos repletos de especias y plantas aromáticas que desbordan su tienda. Atraída por sus gestos y por los aromas que desprenden las especias y las plantas aromáticas, me acerco al mercader.

—¡*Assalamo aleikom!*[20] —me saluda seguro de sí mismo—. Además de especiero y

---

20 ¡Que la paz sea contigo!

herborista, también soy perfumista. Destilo mis propias fragancias a partir de aceites esenciales de almizcle, ámbar, mirra, azahar...

Yo, confundida por los aromas y por su impetuosidad, respondo a su saludo con un *¡Aleikom assalamo!*, pero no consigo articular palabra.

El perfumista, aprovechándose de mi silencio, me coge la mano y deja caer unas gotas de agua de rosas en mi muñeca.

—Mujer, me gustaría regalarte una fragancia —con un tono de voz encantador me invita a que pase a la trastienda.

A continuación levanta una cortina insinuándome que entre. En este momento, seducida por la voluptuosidad de los aromas y tentada por sus artes embaucadoras, olvido completamente que el mundo exterior existe y entro.

La trastienda está en penumbra. La media luz apenas deja ver los alambiques, los aceites olorosos, los ungüentos y la colección de frascos de fragancias en miniatura. Esta semioscuridad me perturba, siento que las piernas me flaquean. Absorta en mis sensaciones, detrás de mí oigo su voz que me dice:

—¿Sabías que desde muy antiguo los perfumes orientales son una mezcla entre calidez y sensualidad?

Repentinamente, un cliente llama al perfumista desde fuera. Aprovecho la oportunidad para despedirme de él; necesito respirar un poco de aire fresco.

En la puerta de la tienda tropiezo con un mercader que lleva una alfombra enrollada sobre su hombro y que me lanza una mirada de enfado. Aturdida, sigo andando y vuelvo a tropezar, esta vez con un beduino. Me detengo y le pido disculpas. Nuestras miradas se entrecruzan y, en un instante, comprendemos que ambos somos hijos del desierto. Este sentimiento de pertenencia al gran vacío me hace volver de mi aturdimiento.

El beduino me recuerda mucho a Nabil, sobre todo en el rostro agrietado por el desierto, aunque no viste como él siguiendo la tradición beduina. Sus sandalias son de estilo africano y su túnica, atada a la cintura con una tira de piel de camello, está completamente desgastada. Se apoya en un bastón de madera de acacia cuya empuñadura de plata tiene forma de serpiente: en los ojos de la serpiente brillan dos amatistas.

Me encantaría quedarme con él, disfrutando de su compañía y hablando sobre nuestras vidas en el desierto, pero sé que ha llegado la hora de volver al hotelito. No sé dónde está la salida del zoco, así que le pregunto al beduino qué dirección tomar. Él insiste en acompañarme hasta la calle del oro, a partir de aquí debo continuar sola y preguntar.

En la calle del oro me encuentro con las mercancías más valiosas que he visto hasta ahora: medallones, collares, sortijas y pulseras de oro macizo y piedras preciosas... ¡Me deslumbra tanto brillo! Finalmente, una callejuela tortuosa me saca del zoco y me deja frente al puerto. Algunas casas de madera pintadas en blanco y con ventanas provistas de celosías verde claro, que seguramente habrán visto y oído muchas historias, forman parte de lo queda del antiguo Mutrah.

Durante el camino de regreso al hotelito, el canto del almuecín llamando a la oración de la tarde acompaña mis pensamientos. A pesar de seguir perdida en el Paraíso, las nuevas aventuras que he vivido desde que empecé a explorar *Sunset Boulevard* hasta que he llegado al zoco de Mutrah, me animan a seguir buscando el amor.

Me despierto de madrugada angustiada y empapada en sudor. He tenido una terrible pesadilla: de todas las callejuelas del zoco salían botones persiguiéndome y vociferándome:

—¡No escaparás! ¡No escaparás!

Dejo que pase un buen rato para tranquilizarme y hacerme a la idea de que solo era un sueño. Cuando lo consigo, decido que hoy no voy a salir. Llevo muchos días enfrentándome al mundo en solitario y necesito un descanso. La búsqueda de mi propio Paraíso puede esperar.

Esa mañana me levanto pronto para lavar la ropa, ordenar mi habitación y conocer el establecimiento hotelero; descubro que en la planta superior hay una piscina. Satisfecha de la jornada me voy a dormir temprano.

Amanece. En la recepción, un cartel anuncia que se organizan visitas con el transporte incluido a diferentes lugares de Mascate. Una de estas visitas que dura medio día es a la Gran Mezquita del Sultán Qaboos .

Un día entero sin salir aumenta mis ganas de aventura. Me apetece la idea de que me lleven a la Gran Mezquita y me traigan de vuelta, sin tener que preocuparme por nada más.

Una familia de Dubai en la que cada miembro lleva un Smartphone y yo somos los únicos clientes. Nos subimos en el transporte del hotel y, en pocos minutos, llegamos al destino escogido.

¡Qué maravilla! En el exterior de la Gran Mezquita el mármol del suelo es un espejo que refleja la simetría de su belleza proporcionada; sus muros y arcos se vuelven rosas al ser acariciados por el sol.

Nos acercamos a la entrada. La seguridad es muy estricta. En la puerta, dos militares nos registran con la autoridad que les confiere el uniforme. Seguidamente, un vigilante vestido con túnica, cinturón, chanclas de piel y turbante nos pide las entradas.

Una vez dentro, el mismo vigilante que nos ha recogido las entradas hace las veces de guía. Nos explica que la alfombra que cubre el suelo de la sala principal de oración es iraní, tejida a mano de una pieza y confeccionada con tintes vegetales tradicionales. Después señala hacia arriba para que admiremos la lámpara de araña que mide catorce metros de altura.

—Si son tan amables, señores, pasen por aquí —el guía nos muestra la puerta para salir a los jardines que rodean la Gran Mezquita.

Mientras los miembros de la familia de Dubai ven los vídeos y las fotos que han tomado con los Smartphone, yo disfruto de la quietud de los jardines.

Antes de regresar veo cómo los jardineros paquistaníes, encargados del mantenimiento de los jardines, aprovechan las horas de sol aplastante para dormir en el suelo, bajo los arcos de la parte lateral de la Gran Mezquita.

Al atardecer, el hotelito ofrece la posibilidad de visitar Ruwi y Al Khuwair, dos de los distritos de Mascate. Como he disfrutado de la visita de la mañana, me animo a seguir.

El vendedor de excursiones me da una explicación de lo que se puede ver: Ruwi es una zona comercial y de negocios. Se distingue por una columna blanca y solitaria que sostiene un reloj coronado por una pequeña cúpula azul. Le llaman la Torre del Reloj.

En Al khuwair se encuentra el centro comercial más grande de Omán, Muscat Grand

Mall. Dedicado exclusivamente a la moda, la comida y el entretenimiento: comercios de marcas mundialmente conocidas, restaurantes que son franquicias y cines.

Hay algunos clientes que también están interesados en la visita por lo que viajo acompañada. Después de recorrer Ruwi, llegamos al centro comercial. Para mis ojos beduinos es como un gran zoco donde la modernidad huele a incienso arábigo. Lo más llamativo es que, rodeada de lujo del centro comercial, se ha habilitado una sala austera como sala de oración.

A la mañana siguiente, y puesto que me he sentido segura en las visitas que se organizan, me preparo para hacer una excursión de día entero a Marina, el puerto deportivo de Mascate. Esta vez viajo con una familia de Abu Dhabi.

Atravesamos una montaña áspera que contrasta con la ligereza del mar, justo detrás se encuentra Marina.

Nada más llegar, un letrero anuncia:

Disfrute de los deportes de agua, snorkel, windsurf y haga submarinismo para ver los arrecifes de coral.

Otros carteles indican que se organizan salidas en barco para pescar y avistar delfines. Este ambiente marítimo aviva el recuerdo de mi primer baño en Sur. Me tranquiliza pensar que ya no le tengo tanto miedo al mar.

Delante de la taquilla de venta de excursiones, la familia de Abu Dhabi y yo nos separamos: ellos quieren avistar delfines; a mí me apetece pasear.

A través de una verja custodiada por un marinero se accede a la pasarela donde se amarran los yates. Para verlos más de cerca pido permiso al marinero que me deja pasar con la condición de que no me suba a ninguno. En cuanto atravieso la verja siento como si entrara en la zona de soñadores de los mares.

Cada yate tiene su propio nombre dibujado en una preciosa caligrafía árabe que siempre me ha parecido una escritura de trazos espirituales.

Un africano de cuerpo voluminoso y de carácter risueño se acerca a mí por la pasarela. Se presenta como Saad de Tanzania, el *Rey del Puerto*. Saad es el patrón de la *Ballena Azul*, una sencilla una barca de pesca.

Yo continúo andando por la pasarela y él me acompaña hasta llegar al Issa, el yate de sus amigos árabes. Saad les saluda y se vuelve hacia mí para explicarme su vida:

—Tengo dos mujeres, una en Tanzania y otra en Omán, y diez hijos —dice pavoneándose.

—¿Te acuerdas del nombre de todos? —le pregunta uno de sus amigos árabes riéndose a carcajadas mientras yo permanezco callada.

Entre risas y bromas, Saad me invita a subir a bordo del Issa. Escarmentada por la experiencia desagradable con el botones, rechazo la invitación.

Me alejo del Issa hasta llegar al final de la pasarela donde el movimiento ondulante del mar mece un *dhow* que choca ligeramente contra las boyas. Hombres de mar indonesios me saludan con un *¡Hello!* Les devuelvo el saludo. Como vestimenta sólo llevan un *sarong*[21] de colores vivos.

Estoy encantada de haber llegado en el momento preciso en que los hombres de mar

---

21 Pieza larga de tejido que se ciñe alrededor de la cintura y que se lleva como falda tanto por hombres como por mujeres en el sudeste asiático, excluyendo Vietnam, y en muchas islas del Pacífico.

indonesios se disponen a realizar los trabajos de mantenimiento de la embarcación: primero limpian la cubierta y dan cera a las flores talladas en la madera de la baranda; después, cuidadosamente, ponen trapos sobre el cuadro de navegación para que el sol no lo estropee y, finalmente, despliegan los toldos y cuelgan cortinas de hilo para preservar a los viajeros de los rayos solares.

La zona de soñadores de los mares invita a dar rienda suelta a la imaginación, por eso me veo navegando entre las estrellas a bordo del *dhow*, dejándome llevar por la tripulación indonesia hacia mi tienda beduina. Ante esta visión, me quedo traspuesta, como me ocurrió en Sur. Unos minutos después vuelvo a encontrarme con la familia; es hora de regresar.

Después de conocer Ruwi, Al khuwair y Marina me gustaría hacer alguna excursión fuera de la ciudad. Para este tipo de actividad debo ir en busca de los taxis colectivos ya que mi hotel solo organiza visitas en el área metropolitana de Mascate.

Los taxis colectivos son furgonetas para ocho personas que van recogiendo pasajeros por el trayecto. Normalmente se llenan con trabajadores inmigrantes que los usan para ir y venir del trabajo. Siempre van llenos, por lo que viajar en este medio de transporte sale muy barato: se paga por el trayecto que uno realiza, sin regatear.

Al tratarse de un medio de transporte colectivo, me atrevo a subirme a uno de ellos para ir al mercado de pescado y al fuerte de Barka.

Paso mucho tiempo preguntando dónde está la parada de los taxis colectivos, pero nadie sabe indicármela. Mientras decido qué hacer, un camionero, al verme sola en la carretera, se detiene a mi lado.

—¿Te has perdido? ¿Puedo llevarte a algún sitio? —el conductor, que habla árabe con acento extranjero, intenta ayudarme.

—Gracias, busco la parada de los taxis colectivos —le contesto evitando subirme a su camión.

—No hay parada, simplemente cruza la carretera. Te esperas en la cuneta y haces señales cuando se acerque uno —me da la información sin insistir en llevarme y se va.

A los pocos minutos llega un taxi colectivo que se dirige a Barka. Nada más subirme al taxi, varios pares de ojos de hombres indios, enormes y oscuros como los misterios de la India, se clavan en mi cuerpo. Soy la única mujer que viaja con ellos y esto hace que me sienta intimidada.

Al llegar a Barka, el taxi me deja a la entrada de la ciudad. En estos momentos estoy desorientada del todo. Entonces, un padre de familia que lleva en su anticuado coche a los abuelos, a su mujer y a sus dos hijos me hace señales para que vaya hacia él.

—Voy de compras al mercado de pescado —dice viendo que me he perdido—. Si vas, te acerco hacia allí.

Sin pensarlo me subo al anticuado coche y, apretujada entre la abuela y los niños, finalmente consigo llegar al mercado de pescado de Barka.

El mercado de pescado está delante del mar y los pescadores llevan la pesca del día directamente de sus barcas a la lonja, sin intermediarios. Los vendedores de pescado, que enseguida escogen con la vista las mejores piezas, regatean su precio con los pescadores.

Por unos instantes vuelvo la vista atrás y recuerdo cuánto me costaba masticar la aleta de tiburón que saboreé con Yasser en Sur.

De entre todos los vendedores de pescado, me fijo en un vendedor de atún que maneja el cuchillo con destreza. La piel de sus manos, cuarteada, lo delata: son las manos de un pescador que ha entregado la vida al mar. La ropa que viste: camiseta raída, *izaar*[22] verde descolorido y chanclas remendadas también sienten el paso del tiempo. Pero en su rostro de piel ajada por el mar, ojos de color indefinido y pómulos pronunciados veo la serenidad de un hombre feliz.

El vendedor de atún me inspira ternura, así que le pido permiso para sentarme a su lado. Mi intención es empaparme de las sensaciones que me transmite la vida del mercado y escribirlas en mi cuaderno.

Un joven, con el aspecto de Simbad *el Marino* —aquel personaje del que me contaron fantásticas aventuras y maravillosos viajes los indios de Kerala que construían *dhows* en Sur— me mira sonriendo y se acerca.

---

22 Prenda inferior envuelta alrededor de la cintura usada por algunos hombres de Omán, otros países árabes y algunas partes de Africa oriental.

—Soy Emad, el cambista del mercado, hijo del vendedor de atún —se presenta con desparpajo.

—Yasmin —le digo mi nombre a secas, impresionada por su porte de Simbad *el Marino*.

Emad lleva un pantalón ancho hasta el tobillo, una camiseta larga sujeta a la cintura con un trozo de tela y unas chanclas. En la mano presume de anillo plateado; en la muñeca lleva anudada una pulsera de cuero trenzada y en la cabeza ha enrollado un turbante que realza su cara de labios carnosos y barba descuidada.

El mercado tiene su mayor afluencia a primera hora de la mañana. En las familias, los hombres que son los encargados de hacer las compras llegan temprano para escoger el pescado más fresco. Lo primero que hacen al entrar en el mercado es levantarse el borde de las *dishdashas* para no ensuciárselas con el agua y los desperdicios del suelo. Algunos de ellos parecen ser clientes fijos del vendedor de atún y antes de cerrar definitivamente la compra pasan un buen rato hablando sobre sus familias y sobre el atún, como si este tuviera vida.

Cuando los billetes con que pagan los compradores son de cantidades demasiado elevadas, el vendedor de atún llama a su hijo Emad para que le traiga cambio; en el mercado todo parece tener un orden establecido.

En el centro, unos niños corretean jugando con colas y cabezas de pescado muerto. Las olas del mar levantan una suave brisa que intensifica aún más el olor a podredumbre. Dos señoras, turistas francesas, se tapan la nariz con la mano, dan una vuelta rápida al mercado y se alejan, seguramente molestas por el olor.

De repente recuerdo que también quería visitar el fuerte de Barka por lo que, antes de alejarme del mar y del mercado, miro al vendedor de atún y a Emad. Solo con mirarlos ya saben que me voy. Nos despedimos con un apretón de manos.

Muy cerca del mercado, tras una apariencia vaporosa creada por la neblina del mar, me encuentro con el fuerte de Barka. El color arcilloso de sus muros y sus cañones solo se distingue cuando atravieso la neblina. Es entonces cuando siento el poderío de su soledad ante mí. De repente, la neblina se levanta y deja ver, en las inmediaciones, un alminar blanco que abraza la soledad del fuerte. En este momento, algunas gaviotas sobrevuelan sus torres, quizá buscando refugio para pasar la noche.

Mientras sueño despierta junto al fuerte, el padre de la familia que me trajo al mercado me hace señas a través de la ventanilla su coche. Voy hacia él. Ya ha comprado el pescado y se dirige a las fuentes termales de Ain Al Thawarah, para bañarse y comer en familia. Me invita a pasar el resto del día con ellos. Sin dejar que lo piense, su mujer abre la puerta trasera del coche para que suba y entro dispuesta a viajar nuevamente apretujada.

Entramos en Ain Al Thawarah por una carretera estrecha. A ambos lados de la carretera hay casas de adobe casi derruidas que conviven con otras construidas con materiales modernos. Delante de nosotros vemos un oasis de árboles frutales, bananos y palmerales regados por los *aflah*[23]. Casi escondidas por esta abundancia de vegetación fresca aparecen las fuentes termales.

---

23 Antiguos sistemas de irrigación a base de canales que usan la gravedad para canalizar el agua desde fuentes subterráneas o manantiales. Elevados a la categoría de Patrimonio de la Humanidad por la UNESCO.

El padre deja su coche junto a otros más modernos al lado de los lavabos públicos, a la entrada de las fuentes termales donde un cartel advierte:

¡Atención, piedras resbaladizas!

Cargamos con las cestas de la comida, nos descalzamos y caminamos con cuidado por encima de las piedras en un riachuelo de aguas calientes. Siguiendo el riachuelo llegamos a una piscina natural en la que los adultos se bañan vestidos y los niños, casi desnudos.

Nosotros los imitamos metiéndonos con la ropa en la piscina natural para disfrutar del baño caliente. Los dos hijos de la familia chapotean, gritan y ríen a nuestro alrededor. Entre la vegetación del oasis, que nos resguarda de los rayos del sol y el agua caliente, nos relajamos completamente. Ahora sé que de la tierra puede manar agua caliente.

Al lado de la piscina natural hay un merendero donde las familias hablan y comen despreocupadas.

—¡Vamos, al merendero! —el padre nos llama animado.

En las mesas dispuestas para las familias, la madre y la abuela sacan la copiosa comida de las cestas y comemos. En cuanto acabamos, nos preparamos para irnos.

De regreso, hacemos una parada el fuerte de Nakhal. Me uno a la familia para subir a la torre más elevada. Desde aquí disfrutamos de una vista panorámica de la población de Nakhal y el palmeral que la rodea con las montañas de Al Hajar al fondo.

Cuando terminamos la excursión, me llevan hasta Barka y me dejan en la carretera por donde pasa el taxi colectivo que regresa a Mutrah.

Mientras dura el viaje de vuelta pienso que la familia se ha portado muy bien conmigo; me he sentido como si fuera uno de ellos. Puedo decir que en el mundo hay gente buena capaz de ayudar a los demás y compartir sus vidas.

Al día siguiente, cuando me levanto de la cama, me apetece releer las notas que he ido tomando durante mi viaje. Mis frases me refrescan la memoria sobre el descubrimiento de un mundo enteramente nuevo, el vaivén de las emociones vividas, las alegrías y sinsabores de mi experiencia en solitario que me han ayudado a conocerme mejor, las personas que han ejercido influencia en mí como Wisal, en definitiva: la búsqueda de mi propio Paraíso.

Recordar estas sensaciones hace que me pregunte cuánto tiempo ha pasado desde que llegué a Mascate, y cuántos días he permanecido en *Sunset Boulevard* y en Mutrah, y, la verdad es que no puedo concretarlo porque la experiencia ha sido tan intensa que he olvidado el tiempo que ha transcurrido. Lo que sí sé con certeza es que siento muy lejos el día que salí de Ramlat Al Wihibah y dejé a mi familia, a Nabil, mis cabras y mi tienda beduina.

También pienso en Yasser que, por ser el guía que me acompañó en mi partida del desierto y haber compartido una parte de mi viaje, se ha convertido en una persona importante en mi vida. Me acuerdo de su locura *Rastafari* del día que llegó al *1000 Nights Camp*. Admiro su valor y fuerza de carácter —rebelde, aventurero y risueño—, su amabilidad, comprensión, sensibilidad y ternura aunque alguna vez se haya enfadado conmigo. Por encima de todo tengo presente que siempre me he sentido protegida y segura a su lado.

A través de estos pensamientos me doy cuenta de que lo que siento por Yasser es mucho más que agradecimiento o reconocimiento de unos valores o sentirme bien en su compañía; es la otra parte del Paraíso que estaba buscando: el amor.

¡Qué sorpresa! ¡El amor estaba oculto tras el velo! El velo de mi ignorancia, de mi afán por encontrarlo más allá de la persona que tenía delante de mí misma. Jamás hubiera imaginado que este descubrimiento sucediera así, ¡de repente! Y ahora que el velo se ha caído ya no tengo la sensación de estar perdida en el Paraíso, sino que me siento alegre porque la búsqueda de mi Paraíso ha finalizado y mi sueño se ha cumplido.

Para asimilar este momento, voy a dejar que pase el día de hoy, pero mañana llamaré a Yasser y le pediré que venga a verme. Ha llegado el momento de decirle lo que siento.

Amanece un nuevo día. Después del desayuno lo primero que hago es llamar a Yasser como pensé ayer. Cuando hablo con él me dice que está acompañando a unos clientes en Mascate pero que por la tarde ya habrá terminado el trabajo y podrá acercarse a Muthah.

Emocionada, espero que llegue la hora de verlo. Otra vez nos encontramos los tres: el Ave Fénix, Yasser y yo. Como si hubiéramos pasado una eternidad sin vernos, el reencuentro hace que salten lágrimas de alegría. Hablamos de mis aventuras, de su trabajo de guía y de las ganas que teníamos de vernos.

Esta misma noche, Yasser quiere llevarme al *Africa's Queen*[24], un club nocturno en el que se toca música africana en directo. En el *Africa's Queen*, los ritmos africanos y el baile con Yasser me divierten. Es la segunda vez que bailo con él; la primera vez fue en la piscina del hotel de Nizwa donde me enseñó algunos pasos de salsa.

Mientras baila, el rostro de Yasser es un destello de felicidad, y en sus ojos, que le brillan como nunca, veo reflejado su sentimiento de amor por mí. Entonces pasa algo que nunca había experimentado hasta ahora: mi feminidad beduina despierta. Es como agua

---

24 La Reina de África.

de lluvia que llega, inesperada, al desierto, convirtiendo mi sequedad en vida y abriéndome las puertas del amor. Este despertar junto con la música y el baile me llenan de plenitud.

Bien entrada la noche, Yasser dice que es hora de irse. Dejamos el club, nos subimos al Ave Fénix y cogemos la carretera que conduce al hotelito. A pocos kilómetros del *Africa's Queen*, un 4x4 estropeado en medio de la carretera ha estado a punto de provocar que el Ave Fénix colisione con él. Paramos al borde de la carretera. Los dos estamos bien, solo ha sido un susto.

Tal vez no sea el momento más adecuado, pero quiero expresarle mis sentimientos. Cuando voy a hacerlo, Yasser se adelanta.

—Yasmin, desde el primer momento en que te vi me he sentido atraído por ti —me habla con timidez, un aspecto de su personalidad que desconocía.

—Yo... —antes de que continúe, me interrumpe. Parece un poco nervioso.

—A lo largo de mi viaje contigo esta atracción se ha convertido en amor —sonríe y sigue hablando—. Tu inocencia de mujer beduina y

tu afán por encontrar el Paraíso me han enamorado.

Su declaración de amor me da a entender
que mis sentidos no me engañaban cuando
bailaba con él; lo que no sabía es que se había
fijado en mí desde el principio del viaje.

—Yasser —mi voz tiembla al hablar—, he
estado tan ciega persiguiendo mi sueño que
hasta ahora no me he dado cuenta de que tú
eres el amor —hago una pausa y continúo—:
la otra parte del Paraíso que me faltaba por
encontrar.

—Solo necesitabas ver con los ojos del corazón —me dice con palabras de sabio.

Quiero seguir hablando para preguntarle
algo pero Yasser me lo impide. Se acerca a
mí, me abraza y me besa. Su calidez y cariño rodeándome me hacen temblar; es mi
primer beso.

A continuación me coge de las manos y los
dos nos reímos.

—¿Por qué nunca me hablaste de tus sentimientos? —le pregunto aturdida por el beso.

—No quise interferir en la búsqueda de tu
Paraíso, debías descubrirlo por ti misma —

me responde guiñándome el ojo—. Hemos vivido muchas emociones, es hora de regresar.

Mientras Yasser conduce me viene a la memoria la conversación que tuve con Nabil en el *1000 Nights Camp* sobre mi sueño de encontrar el Paraíso, sobre mis miedos y mis dudas. Ahora que mi sueño se ha hecho realidad, estoy deseando verle para contarle mis experiencias del viaje, lo que he aprendido de mí misma y mi amor por Yasser.

Llegamos. Antes de irnos a dormir charlamos un rato sentados en el sofá del vestíbulo.

—Yasser, quiero volver al desierto —le digo apoyando mi cabeza en su hombro.

—Sabía que me lo pedirías —habla con seguridad porque me conoce bien—. Yasmin, mi deseo es compartir mi vida contigo —me dice acariciándome la cara.

—¡Qué alegría! ¿Cuándo saldremos de viaje?

—¡Al amanecer! —responde contagiado por mi entusiasmo.

Por la mañana mientras hacemos los preparativos para la marcha, Yasser me cuenta un secreto:

—Me siento orgulloso de haber cumplido con la misión que me encomendó Nabil.

—¿Guiarme en mi sueño más allá del desierto? —le pregunto bromeando—. No podías haberlo hecho mejor.

Ya estamos preparados para la partida. Yasser, el Ave Fénix y yo emprendemos el viaje de regreso a Ramlat Al Wihibah, el desierto que me vio nacer, junto a mi familia, Nabil, mis cabras y mi tienda beduina.